WHAT'S YOUR HAPPINESS?

김뺍씨의 행복여행

당신 지금, 행복한가요?

당신   지금,   행복한가요?

3년간의 직장생활, 연봉도 높고 고용도 안정적인 금융권 직장을 그만둔다고 하자 다들 무슨 큰일이라도 있냐고 물었다. 누가 들으면 콧방귀를 낄, 하지만 내게는 정말로 중요한 사직 이유는 바로 "행복하기 위해서"였다.

'88만원 세대'라는 말이 유행하던 시기, 지금과는 비교도 안 되지만 그때도 취업은 힘들었다. 취업만 하면 행복할 것 같았다. 그런데 관심도 적성도 모두 접어두고 사회 분위기에 이끌려 취업하고 나니 행복은 하루하루 멀어져가고 있었다.

행복하지 않은 것은 나뿐만이 아닌 듯했다. 2016년 3월에 발표된 유엔 세계행복보고서에 의하면 한국은 58번째 행복한 나라로, 전년 대비 11계단 하락했고, GDP는 11위이지만 행복지수는 자꾸만 곤두박질치고 있었다. 거기서 그치지 않고, OECD 국가 중 청소년 자살률 1위, 연간노동시간 2위, 헬조선, 3포세대, 소득불균형 등 심각한 사회문제가 끊임없이 대두되고 있다.

대체 왜, 우리는 행복하지 않은 걸까?

나는 인생설계를 다시 하기로 했다. 이번에는 내가 하고 싶은 일, 내가 잘할 수 있는 일을 하기로 마음먹고 짐을 싸서 고시촌으로 들어갔다. 그리고 결국 법무사 시험에 합격했다. 사회는 다시 나를 받아주었다. 하지만 직업이 바뀌었다 해서 모든 것이 달라질까, 나는 정말 행복해질 수 있을까 하는 의문이 들었다.

이번에는 직업이 아닌 내 삶의 태도를 되짚어보고 싶었다. 또 다시 경쟁사회로의 진입을 앞두고 대한민국 보통 청년으로 과연 내가 잘 살고 있는 건지, 어떤 생각과 어떤 가치에 중심을 두고 남은 인생을 살아갈 것인지 충분히 고민하기 위해 여행을 떠나기로 했다.

무엇보다 나는 과연 행복한지, 다른 나라 사람들은 어떻게 사는지, 행복지수라는 개념을 만들어낸 부탄 국민들은 왜 행복한지, 덴마크는 어떤 나라기에 행복지수 1위인지 알고 싶어졌다.

그렇게 8개월 동안의 세계여행을 계획했다. 행복지수가 높은 나라들을 우선으로 35개국을 선정하고 대륙별로, 계절별로 안배해 이동계획을 세웠다. 시차에서 오는 피로를 줄이기 위해 루트의 진행방향을 동쪽에서 서쪽으로 잡고 비행기 티켓을 샀다. 계절도 방문하는 국가의 시기를 여름 위주로 해서 짐을 줄였다.

2016년 5월 15일, 네팔행 비행기에 몸을 실으며 '행복여행'이 시작되었다.
『꾸뻬씨의 행복여행』을 오마주하여 '김뻡씨의 행복여행'을 표방하며 나선 길,
여행이지만 그냥 여행만은 아닌, 자기성찰의 길이지만 또 성찰만은 아닌 배움의
길에 들어섰다.

길 위에서 만난 수많은 사람들이 내 삶의 방향을 잡아주었다. 사람들에게
행복을 묻고 또 배우기 위한 여정 속에서 나는 행복이라는 질문에 대한 해답의
단초를 얻었다. 북유럽 국가들의 복지시스템, 네덜란드의 자유, 프랑스의
톨레랑스, 산티아고 순례길에서 만난 사람들, 스페인과 남미 특유의 가족문화
등 서로 다른 정치, 경제, 문화, 종교 속에서 나는 행복에 관한 많은 배움을 얻을
수 있었다.

여행은 삶의 방향이나 거대한 담론이 내 앞을 가로막을 때, 때로는 남은 삶을
위한 재충전의 기회가 된다. 또한 나에게 주는 안식년의 의미로 길을 나선다면
먼 훗날 삶에서 그 이상의 역할을 할 수도 있다. 특히 사랑이나 자유처럼 살면서
절대 포기할 수 없는 하나의 주제를 정하고 떠난다면 여행이 끝난 후 남은 삶의
모습도 천천히 그에 맞게 변화되어 갈 것이다. 그것이 내게는 '행복'이었다.
그리고 나는
행복이라는 삶의 가치에 한결 가까워진 모습으로 돌아왔다.

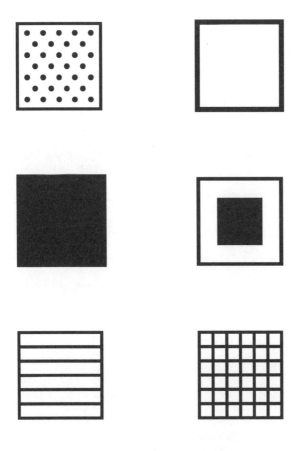

1—7

Nepal Annapurna

인생은 긴 여행이자 배움인 거지.

Nepal Kathmandu

집에 계신 어머니의 행복이 먼지 않아요?

Bhutan

행복한 사람들은 행복에 대해 고민하지 않아.

India Varanasi

결혼하고 아이들도 있고, 소박한 직업이지만 나는 행복해.

India Agra / Delhi

행복은 혼자가 아닌 함께 만들어가는 것이다.

Jordan

행복은 자기가 가진 신념 그리고 이에 대한 용기에 있다.

Egypt

양심을 지킨 자만이 영원한 삶을 얻는다.

현재를 살 뿐
미래는 없는 것

네팔, 그것도 안나푸르나 트레킹을 첫
번째 코스로 택한 건 내게 있어 일종의
의식이었다. 앞으로 펼쳐질 여행을
잘 보내기 위한 그리고 내게 남아 있는
모든 편견과 관습들을 벗겨내기 위한
기원의 첫 걸음 말이다.
이 여행을 통해 나는 내면의 변화를
소망하기 때문이다.

네팔 안나푸르나

 1

안나푸르나 베이스캠프(4,130m) 코스는 일주일 일정으로, 시간 대비 볼거리가 뛰어나 한국 배낭여행자들이 가장 선호하는 코스다. 출발점은 나야풀(1,050m)이다.

트레킹이 시작된 지 반나절 남짓, 멀쩡하던 하늘에서 폭우와 우박이 쏟아진다. 자연의 무서움과 아름다움을 동시에 느낀다. 포터로 함께 길을 나선 디팍에 따르면 이곳 날씨는 항상 이런 식으로 급변한다고 한다.

잔뜩 겁을 먹은 내게 길에서 만난 일곱 살 여자아이 상이타는 걱정 말라는 듯 웃음을 지어 보인다. 여덟 살인 부차는 우박을 가지고 내게 장난을 친다. 학교에 가기 위해 산을 두 개나 넘어 두 시간 동안 걸어온다는 아이들, 세상의 근심과 걱정에서 아주 멀리 떨어져 있는 것처럼 보이는 아이들이다.

○　　　　**자신의 한계를 깨닫고 극복하는 길**

한없이 펼쳐진 자연 앞에서 내가 생각해온 것들이 얼마나 부질없고, 인간이란 얼마나 작은 존재인지 느끼게 된다. 간드룩에서 촘롱으로 가는 길, 수많은 돌계단이 트레커들을 기다리고 있다. 한 걸음 한 걸음 내딛을 때마다 나의 한계를 깨닫게 하고 또한 극복하게 한다.

촘롱에서 시누와 가는 길에 한 가족을 만났다. 여든넷의 아버지를 등에 업고 병원에 가는 아들……. 그들은 되레 트레킹 중인 내게 조심히 잘 다녀오라고 인사를 건넨다.

자욱한 안개 속에 비가 내리는 길을 걷고 또 걸어 드디어 도착한 안나푸르나 베이스캠프. 반겨주는 이 하나 없어도 누구나 저절로 행복해진다. 눈앞에 펼쳐진 장쾌한 히말라야는 삶의 거룩함과 숭고함을 일깨워준다.

사실 안나푸르나보다 더 내 관심을 끈 건 히말라야 사람들이었다. 나는 한국에 있을 때부터 디팍이라는 네팔 청년과 수십 차례 이메일을 주고받았다. 디팍은 트리뷰반 대학 경영학과 4학년생으로 7년째 포터로 일하고 있다고 했다. 또 시민단체 물 공급 분야와 관련해 자원봉사도 꾸준히 하고 있단다. 그에게 삶은, 행복은 무엇일까.

"포터로 일하는 게 힘들진 않아?"

"포터만한 직업이 별로 없어. 도시에 일자리가 없거든. 외국에 나가 일하거나 포터로 일하는 게 그래도 제일 나은 거야."

"행복하니? 네가 생각하는 행복은 뭐야?"

"나는 99.9% 행복해. 항상 히말라야를 오르고 많은 사람들을 만나면서 느껴. 인생은 한 번뿐이고 정말 짧은 거야. 우리는 언제 죽을지 몰라. 현재를 살고 있을 뿐 미래는 없어. 인생은 긴 여행이자 배움인 거지."

내가 네팔에 태어났다면 그와 같은 생각을 할 수 있었을까. 7일간의 일정을 소화하고 그의 가족과 저녁식사 후 그가 건넨 마지막 한마디.

"네가 여기에 없어도 우리는 영원히 친구야. 너의 행복여행에 나도 동참하게 되어 기쁘게 생각해. 행복여행의 시작을 축하해."

그래, 이제 진짜 여행이 시작되는구나.

행복은 아버지 마음을
이해하는 것

매연과 마스크로 기억되는 도시 카트만두.
인구밀도가 서울보다 약 4배 높다는 이
혼잡한 도시에 들어서는 순간, 나는 문득
시간을 거슬러 과거 속으로 빨려들어갔다.
거기서 나는 어린 시절 나를 만나고
내 안에서 지워졌던 아버지를 만났다.

네팔 카트만두

▦ 2

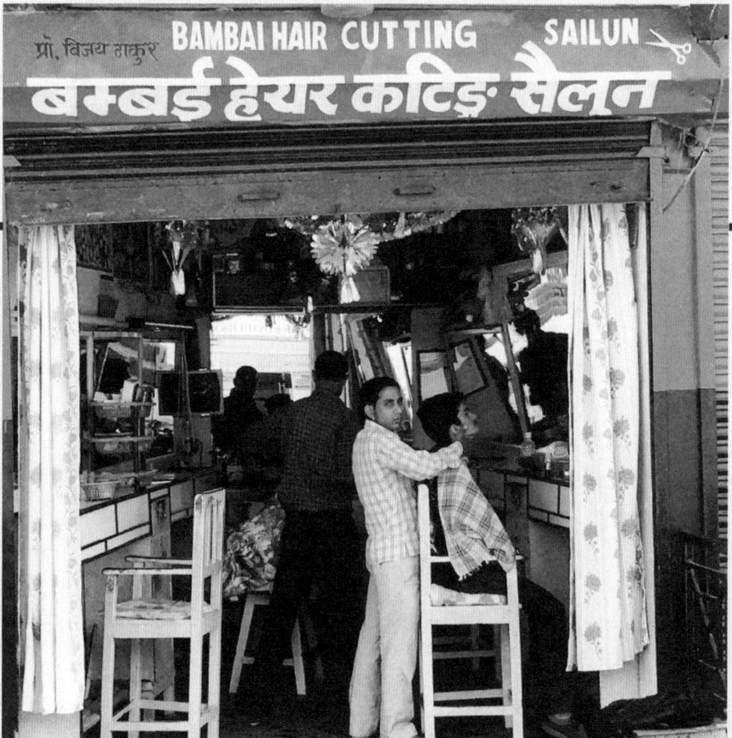
प्रो. विजय ठाकुर
BAMBAI HAIR CUTTING
SAILUN
बम्बई हेयर कटिङ्ग सैलन

네팔에서 보낸 시간은 아버지 세대로 거슬러 올라가 그들의 과거를 경험한 듯한 느낌이다. 그 경험은 열흘 전 쿠알라룸푸르에서 카트만두로 가는 비행기 안에서 시작됐다.

옆자리에 앉은 네팔 청년의 이름은 로샨. 열여덟 살에 결혼하자마자 아내와 헤어져 말레이시아로 돈을 벌러 나갔다 3년 만에 집으로 돌아가는 길이란다. 몰딩 작업을 하는 공장에서 3년 동안 일했다는 그의 손에는 고된 노동의 흔적이 역력했다. 3년 만에 집으로 돌아가는 감회를 물으니 "Happy"라고 한마디 한다. 그의 목소리에서 미세한 떨림과 긴장이 느껴진다.

카트만두 도착 30분 전, 그가 내게 창밖을 내다보라고 한다. 하지만 창밖은 어둠뿐 아무것도 보이지 않는다. 도대체 뭘 보라는 건지……. 내가 의아한 표정을 지어보이니 그가 설명을 덧붙인다.

"우리나라는 정전이 비일비재해. 지금 보이는 몇 안 되는 불빛들은 정전을 대비해 자체 전기가동시설을 갖춘 곳들이야."

내가 당연하게 누리던 것들이 얼마나 소중한지 느끼는 순간이다.

우리도 그런 시절이 있었다. 월남전에 참전했던 아버지, 사우디아라비아에 돈 벌러 간 아버지, 오일달러를 벌겠다고 중동으로 간 아버지들 가운데 우리 아버지도 있었다.

내가 아버지를 처음 본 건 일곱 살 때였다. 아버지는 사우디에 일하러 가서 내가 일곱 살이 되어서야 돌아오셨다. 나는 그가 낯설어 어머니에게 "저 아저씨 왜 안 가요?"라고 묻곤 했다.

아무것도 하지 않았던 할아버지, 1급 장애인이던 할머니……. 아

버지는 그런 가족의 무게를 견디려 버둥거리느라 매일 술을 마셨던 걸까. 하지만 나는 그런 아버지가 싫었다. 그의 가슴 한구석에 있던 외로움도 알지 못했다. 그저 그와의 대화를 거부하고 그를 피해 내 안으로 도망 다녔다. 나는 그를 알려고 하지도 않았고 알고 싶지도 않았다. 그렇게 내 안에서 아버지는 사라졌다.

돌아보면 그도 좋은 아버지가 되기 위해 노력했고, 헌신적이었다. 보통의 다른 아버지들처럼 그 역시 이 시대가 바라는 아버지의 모습으로 살아가기 위해 너무 많은 것을 포기해야 했던 것은 아닐까. 그도 때로는 가족을 뒤로한 채 훌쩍 어디론가 떠나고 싶지는 않았을까. 소통 불능이라 단정하고 그의 삶을 들여다보지 않으려 했던 내가 너무 무심했던 것은 아닐까. 마음이 복잡해지는 순간이었다.

안나푸르나에서 만난 수많은 포터들. 어쩌면 우리 어머니, 아버지 역시 그런 시대를 살아온 것은 아닐까. 평생 짐만 나르며 가족을 부양하던 그에게 나는 평생 짐을 지우고 살아온 것인지도 모른다.

얼마 전, 네팔에 트레킹하러 온 모자와 행복에 대해 이야기하던 중 그 어머니가 내게 물었다.
"집에 계신 어머니의 행복이 뭔지 알아요?"

나는 아무 말도 할 수 없었다. 행복여행을 떠났음에도 정작 내 어머니의 행복이 뭔지도 모르고 있었던 것이다. 우리 아버지, 어머니에게 행복이란 무엇이었을까. 그들의 꿈은 무엇이었을까. 세상의 모든 아버지들은 자식들 때문에 꿈을 버리고 산 건 아닐까.

비행기 안에서 만난 네팔 청년과의 대화는 마치 과거의 우리 아버지와 대화하는 것처럼 느껴졌다. 그들을 이해한 뒤에야 비로소 앞으로 나아갈 길을 찾을 수 있는 건 아닐까. 뒤늦게 아버지의 존재를 돌아본다.

배움 1   행복은 아버지의 마음을 이해하는 것이다.

행복한 사람은
행복을 고민하지 않아

부탄은 첫 인상부터 달랐다. 공항은
깨끗하고 멋졌으며 공항 직원들의 선한
눈빛에선 가식을 찾아볼 수 없었다. 날씨도
좋고 바람도 상쾌하고 공기마저 행복한
느낌이다. '국민총생산'을 마다하고
'국민총행복'이라는 신개념을 만들어낸 나라
부탄. 부탄 정부의 자체 조사 결과 국민의
97%가 행복하다고 답했다고 한다.

부탄

▨ 3

국민의 약 80%가 라마교를 믿는 나라 부탄. 부탄의 수도 팀푸 역시 독특한 종교색으로 물들어 있다. 국민 모두가 수도승 같은 느낌이다. 어린아이나 어른이나 다를 바가 없다. 순박함이 아닌 잘 교육받아 무엇이 옳고 그른지 알고, 이를 그냥 묵묵히 행하는 느낌이다. 심지어 개들조차 좀처럼 짖지 않는다. 모두가 순하고 평안하다.

팀푸 시민들이 메모리얼 초르텐이라는 거대한 불탑 주위를 돌며 기도를 올리고 있다. 나는 어떤 염원을 올릴까 잠시 머뭇거리는데 여행사 직원이 부탄 전통의상인 '고'를 건넨다. 고를 입고 108 불탑 앞에 서니 부탄 사람들이 자국어로 말을 걸어온다. 내가 부탄 사람으로 보이나 보다. 그러고 보니 인상이 우리와 많이 닮았다.

파로와 팀푸를 잇는 도로 중간의 다리 위에서 우연히 영국의 영화배우 틸다 스윈튼을 만났다. 평소 좋아하던 배우라 반가움이 컸다. 그는 흔쾌히 대화에 응해주었고, 행복과 그가 좋아한다는 봉준호 감독에 관하여 잠시 이야기를 나누었다. 그는 나의 행복여행에 큰 흥미를 보였다. "많은 사람들을 행복하게 해주길 바래요" 하는 그의 격려에 정말로 힘이 솟는 것 같다.

그는 미소를 머금은 얼굴로 다리 위에 서서 한참 동안 주변을 둘러보았다. 수양을 통해 행복을 찾아가는 수도승 같은 모습이다. 고요하고 또 고요한 나라 부탄. 이곳에 오면 누구나 수도승이 되는가 보다.

여기서는 하루 종일 아무 일도 일어나지 않는다. 시끄러운 일도, 달리 재미난 일도 없다. 그 고요 속에 머무는 것만으로도 치유 받는 느낌이다. 아무 생각이 나지 않는다. 그냥 고요 속에 침잠된다. 내일 일도, 다음 일정도 잊은 채 그냥 현재에 머문다. 고요 속에서 몸은 안정을 찾고 평화를 느낀다.

부탄에서 생산된 농산물은 100% 유기농이다. 살생도 철저히 금지된다. 낚시도, 사냥도 안 된다. 대부분의 육류는 인도에서 수입한다. 소와 돼지가 있지만 경작이나 비료로 쓸 배설물을 얻을 용도로만 이용된다.

사람들은 가난하지만 구걸하는 이가 없고 직업에 귀천을 두지 않는다. 아이도 어른도 예의가 바르다. 모두가 서로 위로해주고 위로 받는 느낌이다. 이러한 행복이 유지되는 근간에는 부탄 정부의 노력과

3

국민의 전폭적인 지지가 있지 않았을까 싶다.

　잠시 혼란이 일기도 했다. 이게 과연 행복인지 의구심이 든 것이다. 경쟁하지 않는 나라가 과연 좋은 것일까, 무언가 인공적이라는 느낌이 들었던 것이다. 모든 게 매뉴얼대로 움직이는 철저한 통제국가……. 그러나 나의 삐딱한 시선은 오래지 않아, 나도 모르는 사이에 사라지고 없었다. 내 마음속엔 다시 고요한 평화가 가득 찼다.

배움 2　　　　행복은 마음속의 평안이다.

스물네 살의 부탄 청년 킨레이 데마는 호주와 태국에서 유학을 하고 귀국해서 취업을 준비 중이라고 했다. 그에게 행복에 대해 물으니 뜻밖의 대답이 돌아왔다.

> "난 가족과 친구, 이 나라와 자연환경이 있어 행복해. 행복한 사람들은 행복에 대해 고민하지 않아. 많은 사람들이 죽을 때까지 뭔가 성취하기 위해 노력하지만 부탄 사람들은 그런 걸 덜 중요하게 생각하지."

그는 유학을 했지만 외국에서 살고 싶진 않았다고 했다. 호주와 태국에서 생활할 때 편리한 점도 많았지만 향수병에 시달렸다고 한다. 그뿐만 아니라 부탄의 대부분 유학생들이 다시 부탄으로 돌아온다.

지구상에 남은 마지막 '샹그릴라'로 불리는 부탄에서도 요즘 청소년 자살률이 증가하고 있다. 킨레이는 그 원인 중 하나로 이혼율 증가를 꼽는다.

"다른 나라에 비하면 절대적으로 낮은 숫자이긴 하지만 청소년 자살이 조금씩 늘고 있는 건 사실이야. 인터넷을 통해 서양문화를 접하면서 혼란스러운 점도 있겠지만 내 주변에서 보면 이혼율이 증가하면서 청소년 자살이 많아진 것 같아. 부탄 여성들의 경제적 지위가 높아지면서 이혼율이 높아지고 있는데, 부모의 이혼 때문에 겪어야 하는 정신적 갈등을 견디지 못하는 청소년이 많은 거지. 부탄 정부도 이

문제를 매우 심각하게 받아들이고 있어."

배움 3   행복한 사람들은 행복에 대해 고민하지 않는다.

사무직 생활이 지루해 여행가이드로 전업했다는 초키 왕추크는 단순한 삶을 강조한다.

> "행복이란 마음의 상태라고 생각해. 부탄 사람들은 종교에 의지해 행복을 느끼지. 살생하지 않고 남을 배려하며 어울려 사는 것, 그게 행복인 것 같아. 내게 행복을 만들어주는 건 단순함이야. 하루 세끼 먹고 쉴 곳과 입을 옷만 있으면 돼."

신용카드에 대한 개념이 없는 그에게 한국의 월급과 대출, 재테크 등에 대해 이야기하자 도통 이해할 수 없다는 표정이다. 소득불균형에 대해 묻자 "그렇게 심각하지 않아. 땅을 소유할 수 있는 제한이 법에 규정되어 있고 소유하는 만큼 세금도 누진돼"라고 설명한다. 웬만한 상점들에 다 걸려 있는 국왕의 액자에 대한 궁금증도 "의무적으로 거는 것은 아니야. 다들 왕을 진심으로 존경해 걸어두는 거지"라고 명쾌하게 설명해 주었다.

부탄의 청년들은 살아가는 데 꼭 필요한 것 몇 가지만 있다면 이미 충분히 행복하다고 생각하는 것 같다. 행복은 외부의 조건이 아니라 마음속에 있다고 말하는 사람들이다. 그런데 우리는 무얼 향해 이토록 치열하게 달려가는 걸까. 네팔에서 만난 독일친구는 이렇게 말했다.

"한국은 기적을 이룬 나라지만 기쁨을 잃어버린 나라인 것 같아."

부탄에 오기 전엔 부탄 사람들의 행복이 어떤 것인지 기대가 컸다. 그런데 이상하게도 부탄에 있는 동안 아무 생각이 나지 않았다. 내 얘기를 들은 가이드 초키가 활짝 웃어 보이며 맞장구를 쳤다.

"바로 그거야! 그게 바로 부탄인들이 말하는 행복인 거야."

태어난 것이 선물이고
하루하루가 축복이다

힌두교도들은 갠지스를 어머니의 강,
성스러운 강으로 여긴다. 이곳에서
목욕을 하면 모든 죄를 면할 수 있다고
믿는다. 옆에서 빨래를 하는 와중에도
순례자들은 흙탕물에 몸을 담그고 중얼중얼
기도를 올린다. 온몸에 그 물을 뿌리며
더러움을 씻어낸다. 이방인들에겐 어쩐지
아이러니컬한 풍경이다. 하지만 오래지
않아 그들 모두 순례자가 된다.

인도 바라나시

공항에서 갠지스강 근처에 있는 숙소로 들어가는 길. 시바의 파란 이미지, 바로 옆에서 울려대는 오토릭샤(인도의 주요 교통수단으로 택시와 비슷한 개념의 삼륜차)의 경적, 지린내 나는 지저분한 골목길, 47도의 찌는 듯한 더위에 온몸은 땀으로 범벅이 되고 입맛은 소금을 씹는 듯하다. 오감이 낱낱이 살아나며 최고조로 작동한다. 한국인들이 바라나시에 오면 한 번씩은 앓는다는데 그게 비단 음식 때문만은 아닌 것 같다. 망치로 온몸을 쿵쿵 때리는 듯 깊은 자극이 엄습해 온다. 인도의 첫 도시 바라나시에서부터 이미 여행의 설렘은 온데간데없고 피로가 몰려온다.

○　　　생의 처음과 마지막이 공존하는 도시

원숭이들이 좁은 골목을 날아다니는 가운데 내 사정을 알 턱 없는 아이들은 장난을 치고, 덩치 큰 소들은 누가 지나가든 말든 아무렇지 않게 배설물을 흘린다. 골목마다 빼곡한 수많은 상점들, 태평하게 앉아서 신문을 보는 노인들, 그 복잡한 골목 한가운데에서 여행자들은 땀을 흘리며 길을 헤맨다. 인도에서도 가장 인도다운, 삶과 죽음이 공존하는 도시 바라나시 골목 어디에서건 생의 처음과 마지막을 만날 수 있다.

　　바라나시에 들어선 지 얼마 되지 않아 점점 동물적으로 변해가는 나와 조우하는 것은 그리 놀라운 일도 아니다. 나도 모르게 주민들의 발을 관찰하게 되고 그러다 문득 내 발도 가만히 들여다본다. 내가 가진 육신이 정녕 껍데기일 뿐인가 하는 생각이 든다.

○　　　삶은 방식의 차이일 뿐 판단의 대상이 아니다

갠지스강 주변에는 가트(Ghat)라고 하는 계단식 시설이 있다. 경사진 돌계단으로 84개의 가트가 있는데, 성스러운 갠지스강에 몸을 씻는 의식을 위해서 만들어진 것이다. 가트는 때로는 배를 타는 선착장이 되고, 도비왈라(빨래를 업으로 하는 카스트)들의 빨래터가 되기도 하며, 아이들의 수영장, 크리켓 경기장도 되고, 화장터가 되기도 한다.

　. 길가에는 꽃과 음식을 파는 상인과 노숙자 들이 즐비하다. 수많은 사람들이 가트에서 제각각 자기 일을 하지만 강을 대하는 그들의 마음만은 모두 같아 보인다.

사실 바라나시의 첫인상은 쓰레기장 같은 환경과 지저분한 사람들, 비위생적인 음식 그리고 불쾌한 지린내였다. 문명화가 덜된 이곳에서 빨리 벗어나고 싶다는 생각이 요동쳤다. 그렇게 혼란스런 마음으로 며칠을 보내고 난 뒤 아무 생각 없이 가트 앞에 앉아 갠지스강과 그네들의 일상을 훔쳐보던 순간, 그냥 사는 방식이 다른 것일 뿐 내가 판단할 사안은 아니라는 생각이 들었다. 그러자 요동치던 마음이 점점 잔잔해졌다.

　가이드 발루의 안내를 따라 마니카르니카 가트로 걸음을 옮겼다. 정체를 알 수 없는 냄새가 콧속을 자극한다. 바라나시에서 사망자는 가트에서 화장(火葬)되고, 유골은 강물에 흘려보낸다. 이곳에서는 화장이 시작되어도 슬퍼하는 사람이 없다. 갠지스강에서 화장되는 것을 영광으로 여기기 때문이다.

"인도인들은 죽어서 어머니의 강 갠지스에 뿌려지면 윤회의 업보에서 벗어난다고 믿어. 죽은 사람은 24시간 안에 화장을 해야 하는데, 다른 곳에서 사망하면 바라나시에서 화장하기 어려워서 임종이 가까워지면 바라나시에 와서 죽음을 기다리지."

발루의 설명이다.

근처에 유독 요양원이 많은 것도 그 때문이란다. 사체는 3시간 동안 태우고 다 타건 덜 타건 강에 흘려보낸다. 실제로 강가에 떠다니는 사체를 여러 번 보았다.

"하루에 200명 정도 화장을 치르는데 한번에 300kg 정도의 목재가 필요해. 장작은 보통 3단으로 쌓는데, 좀 더 여유가 있는 사람은 5단으로 쌓기도 하지."

망자는 그렇게 어머니의 강 갠지스로 돌아간다.

바라나시 사람들에게 삶이란 무엇이며 또 행복이란 무엇일까?

카란 샤르만은 브라만 계급이고 카페 영업주다.

"인생은 투쟁이야. 항상 좋은 일만 있는 것도 아니고 나쁜 일만 있는 것도 아니잖아. 그러나 우리는 살아가야 하는 거지. 내가 생각하는 행복은 그게 어디서 오든 선물이라는 거야. 우리는 하루를 살면 하루가 축복이라고 생각해. 태어난 것 자체가 축복인 셈이야. 내게는 바라나시에 태어난 게 선물이고 행복인 거지."

사듭은 힌두대학 교수학과에 재학 중이며 친척의 옷 가게에서 일한다.

"나는 매우 행복해. 왜냐하면 바라나시에 태어났기 때문이야. 바라나시는 인도에서 가장 신성한 곳이니까. 결혼도 하고 아이들도 있고, 소박한 직업이지만 나는 행복해. 나는 바라나시에 태어난 이상 바라나시에서 죽을 때까지 살거야. 저 갠지스강에 가는 그 순간까지."

태어난 것 자체가 감사한 일이고 하루하루가 축복이라고 생각한다면 이 복잡한 골목도 그리고 이 갠지스강도 더럽든 지저분하든 흙탕물이든 상관없을 것이다. 그들의 마음으로, 그들의 시선으로 이 강을 바라보면 그저 신성하고 아름다울 뿐일 테니 말이다.

배움 4   **행복은 우리 삶의 선물이고 축복이다.**

○ **타인의 종교와 문화적 이질감에 대한 열린 마음**

바라나시에는 1,500개가 넘는 힌두교 사원이 있다. 인도인의 80% 이상이 힌두교를 믿는다니 이상할 것도 없다. 이들에게는 생활이 종교요, 종교가 곧 생활이다. 집안과 숙소, 골목 어디에서든 신상(神像)을 볼 수 있다.

다샤스와메드 가트에선 일몰 후 매일 밤 수많은 순례자들이 힌두교의 예배의식 푸자를 진행한다. 갠지스강의 여신에게 바치는 제사의식으로 하루를 무사히 보냈음을 감사드리고, 내일에 대한 희망과 소원을 비는 의식이다. 징과 북소리에 맞춰 기도가 울려 퍼지고 강물에는 형형색색의 꽃이 핀다.

사실 인도에 오기 전까지 힌두교에 대해 이질감을 가지고 있었다. 파란 얼굴의 시바 이미지나 동물숭배사상 등 우리 정서와 맞지 않는 모습이 내 눈에는 낯설고 불편할 뿐이었다. 그런데 푸자 의식 도중 우연히 눈길이 닿은 노인의 얼굴이 내 마음 속 깊이 자리한 종을 울렸다.

간절한 염원을 담은 할머니의 얼굴은 고요하기 그지없다. 그 정적인 에너지에 나도 모르게 경건해진다. 할머니는 작은 종이 접시 위에 꽃을 뿌리고 초를 얹어 강으로 띄워 보낸다. 그냥 그 마음이 너무도 아름답다. 이들의 행동과 음악이 무슨 의미인지 알 수 없지만, 종교와 상관없이 보는 이들의 마음도 숙연해진다.

인도의 아이들은 이마에 힌두교 종파를 표시하는 빨간 점 '틸락'을 칠한다. 낙인이 찍히게 되는 것이다. 태어나면서부터 종교의 굴레가 씌워지고 나이가 들면 종교 자체를 자신과 동일시하게 된다. 그렇게 종교관이 굳어지면 조금이라도 교리를 벗어나는 행동을 마주하면 맹수로 돌변하는 게 인간 아닌가. 마치 동물적 본능처럼. 때로는 자신의 종교를 타인에게 강요하기도 한다. 이 과정에서 벌어지는 대립과 충돌은 죄 없는 목숨까지 앗아간다. 극단적으로 배타적인 태도를 대할 때마다 종교의 의미가 무엇인지 되돌아본다.

영국에서 교사로 근무하다 퇴직 후 여행 중이라는 데니스에게 조언을 구했다.

"나는 행복에 대해서는 잘 모르지만 서로 존중해야 해요. 모든 사람들은 저마다 다른 환경에서 태어났기 때문에 그들의 가치와 생각 그리고 서로 다름을 존중해야 해요. 종교뿐만 아니라 다른 것도 마찬가지에요."

배움 5   행복은 나와 타인이 다르다는 것을 인정하고 이를 존중하는 데 있다.

행복은
함께 만들어가는 것이다

세상에서 가장 아름다운 무덤이라는
타지마할. 22년의 공사 기간, 2만여 명의
사람이 피땀을 흘려 만든 타지마할은 샤
자한이 그의 왕비 뭄타즈 마할을 추모하기
위해 만든 무덤이다. 내리쬐는 햇빛을
받아 빛나는 타지마할은 마치 하나의
거대한 보석과도 같이 화려하고 웅장하다.
타지마할을 아름답게 보이게 하기 위해
뒤편으로는 높은 건물을 짓지 못하게 하니
왕비는 죽어서도 절대적인 권력을 누리고
있는 셈이다.

인도 아그라와 델리

타지마할과 함께 인도를 대표하는 최고의 관광지는 아그라성이다. 갈색 돌로 이루어진 요새로 자연스럽게 웅장함이 느껴진다. 아그라성은 무굴제국의 3대 황제 아크바르 대제에 의해 처음 축성된 뒤 계속 증축되었는데, 가장 공을 들인 이는 바로 타지마할을 세운 샤 자한이라고 한다. 그러나 샤 자한은 타지마할을 짓기 위해 국고를 탕진했다는 이유로 아그라성에 유폐되었고, 결국 타지마할이 가장 잘 보이는 포로의 탑, '무삼만 버즈'에서 생을 마감하게 된다.

무굴제국의 위상을 보여주는 또 다른 유적은 델리의 '붉은 요새'다. 샤 자한이 1638년 수도를 아그라에서 델리로 옮기며 지은 궁전 요새로, 주재료인 붉은 사암에서 이름을 땄다. 이 요새는 1857년 영국인들에게 성채를 내줄 때까지 무굴제국 황제들이 머물렀던 곳이다. 이들 건축물들을 보면 무굴제국의 부와 절대 권력을 들여다볼 수 있다.

○   **카스트와 빈부격차를 목도하며 느끼는 소회**

인도는 7,000개가 넘는 역을 보유한 세계 2위의 철도 대국이다. 기차 종류도 다양하고, 특급열차의 좌석만 해도 6개 등급으로 나뉜다. 그런데 악명 높은 인도 기차의 불편함보다도 여행 내내 나를 골치 아프게 한 것은 카스트 제도와 빈부격차였다.

비슈누는 이제 열일곱 살인데 게스트하우스에서 짐꾼으로 6년 동안 근무하며 로비 앞에 잠자리를 마련해 잠을 잔다고 했다. 학생이냐고 물으니 학교에 다녀본 적 없다고 한다. 다시 가족에 대해 물으니, 가족이 다 흩어져 살기 때문에 1년에 한 번 명절 때나 볼 수 있다고 대답한다. 그럼에도 그는 행복하다고 한다. 너무도 밝은 모습이 이해가 되지 않아 다른 현지인에게 물어보았다. 아마도 그 아이는 직업을 가졌기 때문에 행복한 것이리라 설명한다.

오토릭샤 기사의 집에 초대되어 식사를 하게 됐다. 비말 쿠마르는 열 살 때부터 릭샤꾼으로 일해 어느덧 14년이 되었다고 한다. 그에게도 행복하냐고 물었다. "나는 조금만 행복해. 아침 일찍부터 밤늦게까지 열심히 일하는데도 돈을 잘 못 벌거든" 하고 대답한다. 그 역시 학교는 다녀본 적이 없다고 했다. 치아가 상한 듯 핏기가 보였다. "치과에 갈 수 있는 여건이 안 돼. 돈이 너무 많이 들거든."

행복에 대해 물어보면 종교에 기반해 대답하는 이들이 많다. 힌두교의 특징적 사상은 윤회와 업인데, 힌두교는 인도인들에게 도덕관념을 세워주는 역할도 하지만 한편으론 숙명론도 심어준다. 그들 자신은 행복

5

하다고 말하지만 글쎄, 내 눈엔 그들이 그다지 행복해 보이지 않았다.

카르틱 쿠마르라는 고등학생과 카스트에 대해 대화를 나눴다.

"저는 카스트는 없어져야 한다고 생각해요. 카스트제도가 많이 느슨해지긴 했지만 결혼할 땐 아직도 큰 걸림돌이거든요. 이런 것들이 인도의 사회 발전에 큰 문제가 된다고 생각해요. 저는 공무원이 되어서 그런 불합리한 제도를 없애는 사람이 되고 싶어요."

카스트제도는 1947년 법적으론 폐지됐지만 여전히 인도인의 정체성을 규정하는 가장 중요한 요소다. 익명을 요구한 마이크로소프트 직원은 IT 업체 등 고소득업종에 입사지원서를 낼 때 서류심사 단계에서 중간층이나 하층 카스트 출신은 자동으로 걸러진다며 카스트제도가 완벽히 없어졌다고 말하기 어렵다고 말하기도 했다.

델리역 근처만 해도 같은 인도인이지만 누군가는 쇼핑을 하고 호텔에서 잠을 자지만 누군가는 구걸을 하고 노숙을 한다. 아무도 이상하게 생각하지 않는다. 그러니 세상은 마냥 그대로다. 세상이 그대로이니 굶주린 아이들도 동냥하는 아이들도 귀찮은 존재이고, 그렇게 그들은 아무런 죄책감도 느끼지 못하는 세상에 살고 있다.

그런데 카스트가 과연 인도에만 존재하는 것일까. 그들의 카스트제도를 보고 더 씁쓸했던 것은 현재의 한국 사회에서 발생하는 현상과 어딘가 닮아 있었기 때문이다. '갑질' 문화와 엘리트주의, 부의 편중과 그를 통해 얻게 되는 사회적 신분의 대물림. 어딘가 많이 닮아 있다는 느낌을 지울 수 없다.

인도의 GDP 성장률은 고공행진 중이다. 그러나 그 부는 공평하게 나누어지고 있지 않다. 여행기간 내내 나는 엄청난 빈부격차를 목

격했다. 한국은 어떤가. 소득불균형은 OECD 국가 중 미국에 이어 2위다. 소득상위 10%가 전체 소득의 45%를 차지한다. 아시아 국가 중 최고 수치다. 2016년 UN 세계행복보고서에서는 소득불균형을 행복지수에 가장 큰 영향을 미치는 요인으로 분석하고 있다. 소득불균형이 한국 경제의 걸림돌인지 지렛대인지 다시 한 번 돌아보게 된다.

배움 6 행복은 혼자가 아닌 함께 만들어가는 것이다.

작은 친절이 세상을
평화롭게 한다

요르단은 누런 흙빛의 나라다.
국토의 85%가 사막인데다 석유 한 방울
나지 않고 여름엔 40도를 웃돌 만큼 고온
건조하다. 원색의 건물들 사이로 무뚝뚝한
사람들이 메마른 땅을 밟으며 간다. 그러나
요르단이 품은 자연만은 신비 그 자체다.
그만큼이나 비현실적인 곳이 요르단이다.

요르단

대한민국 직장인들에게 진한 페이소스를 불러일으킨 드라마 '미생'에 등장해서 호기심을 불러일으켰던 요르단. 암만에서 가장 번화하다는 다운타운을 걸어본다. 차선이 없는 도로에는 차와 사람들이 뒤섞여 어수선하고, 흙빛 건물들이 밀집한 거리에는 상점들이 줄줄이 들어서 있다. 드라마나 영화에서 느껴지던 분위기와 공기 그대로다.

우리 중 누가 '미생'을 보며 스스로의 자화상이라는 생각하지 않았을까. 사실 회사원뿐 아니라 한국에 살고 있는 사람이라면 누구나 그렇다. 출퇴근 인파에 시달리고, 오늘은 또 뭘 먹어야 하나 점심 메뉴를 고민하고, 월요일 아침 출근길에서부터 주말을 기다리며 우리는 모두 그렇게 보통의 삶을 살아간다.

행복여행을 떠나기 전 친한 선후배들에게 행복에 대해 물었다. 1,000여 장의 이력서를 넣었다는 친구, 계약직으로 입사하여 날마다 현실의 벽에 부딪히며 방황하는 친구, 대기업에 다니며 꿈과 현실의 격차를 메우느라 허덕이는 친구, 회사에 대한 충성심을 잃어가는 동료와 선배들……. 한국 사회에는 온통 방황하는 이들뿐이었다. 행복이 무엇인지 고민할 시간조차 허락되지 않는 삶 속에서 우리는 꿈과 행복을 잃어가고 있다.

나도 그랬다. 사회인이 되어가는 과정에서 나도 모르게 점점 괴물이 되어가고 있었다. 성공을 위해 때로는 남한테 피해를 주기도 하고 남을 속이기도 하고 기만하기도 했다. 동료 선후배와 나누는 넋두리의 끝은 "다 그런 거야"라는 합리화 아닌 합리화. 우리의 제2의 사춘기는 왜 이렇게 늦게 오는 걸까.

'우리나라에서는 왜 좋은 사람들이 잘살지 못하는가'에 대한 고

민은 여행을 시작하게 만든 계기 중 하나였다. 한국 사회에서 상처받는 사람들, 경쟁을 싫어하는 사람들, 이기는 것보다는 배려를 중시하는 사람들, 그런 좋은 사람들에 대한 이야기를 해보고 싶었다. 좋은 사람들이 잘 사는 세상은 정말 어려운 걸까? 이 고된 세상 속에서 상처받는 사람들에게 어떤 말을 해줘야 할지 모르겠다. 나의 '미생'은 아직 끝나지 않았다.

배움 7   행복은 자기가 가진 신념 그리고
          이에 대한 용기에 있다.

두바이를 경유하느라 이틀 밤을 새고 자정에야 요르단 암만에 도착했다. 다음 날 아침, 하루에 한 번 있는 페트라 행 6시 반 버스를 놓치고 근처에 있던 택시를 잡아탔다. 택시비 흥정이 잘되어 기분 좋게 페트라에 도착했는데, 택시에서 내리자마자 말로만 듣던 화폐 바꿔치기(50JD를 건넨 순간 준비하고 있던 5JD를 내보이며 화폐를 잘못 줬으니 다시 달라고 하는 것)를 당했다. 그렇게 요르단 여행이 시작되었다. 믿음의 땅이 순식간에 불신의 땅으로 바뀌었다.

페트라 입구에서 평정심을 잃었으나 다시 마음을 바로잡았다. 페트라는 상실된 전의를 단숨에 채워주기에 충분했다. 페트라는 세계 7대 불가사의 중 하나로 영화 '인디아나 존스 3'와 '트랜스포머'의 배경이 된 곳이다. 기원전 7세기부터 2세기까지 이 지역에 살던 아랍계 유목민인 나바테안 사람들에 의해 해발 950m에 건축된 산악도시다. 향신료 중개무역의 중간 기착지로 번영을 누렸다고 하는데 300m에 이르는 붉은 바위를 깎고 파내서 만든 보물창고, 무덤, 궁전 등이 그 시절의 번영을 보여준다.

구불거리는 좁고 깊은 골짜기를 따라가다 보면 이곳이 극장과 목욕탕, 물 공급시설을 갖춘 도시임을 알 수 있다. 페트라로 들어가기 위해서는 좁고 가파른 절벽으로 둘러싸인 협곡 '시크'를 통과해야 한다. 가이드 아마드에 따르면 시크는 지각변동에 의해 거대한 바위가 갈라져 만들어진 길이라고 한다. 좁게는 2m에서 넓게는 200m에 이르는 구불구불한 바위틈이 이어진다. 시크의 밑부분이 길게 파인 것은 페

65

트라로 물을 끌어들이기 위한 수로라고 한다.

좁은 협곡 사이를 감탄하며 걷다 보면 영화에서 보던 알카즈네가 바위 사이로 모습을 드러낸다. 페트라에서 가장 완벽하게 보존된 알카즈네는 너비 30m, 높이 43m의 부조 건물이다. 알카즈네는 보물창고란 뜻인데, 화려한 외부와 달리 내부는 텅 비어 있어 나바테아왕 아테라스 3세의 무덤으로 추정되고 있다. 거대한 바위산을 깎아서 만들었다니 나바테안 사람들의 독창성과 건축 기술을 짐작할 수 있다. 실제로 보니 손으로 깎아 만들었다는 사실이 믿기지 않는다. 자연과 인간이 더불어 만든 고대세계다. 경유할 때 보았던 두바이와 도하의 인공 도시와는 비교도 되지 않는다.

여기가 끝이 아니다. 이제 800개의 계단을 올라가야 한다. 바위 절벽을 지나면 거대한 사원 알데이르가 보이는데 알카즈네와 비슷한 디자인이지만 더 웅장한 규모의 사원이다. 가파른 계단을 올라 꼭대기에 서면 페트라의 전경이 한눈에 들어오는데 불어오는 바람을 맞으며 바라보는 그 모습은 가히 장관이다.

페트라에서 지프를 타고 와디럼을 찾았다. 지구가 아닌 것 같은 풍경이다. 기상천외한 모양의 바위산들을 품고 있는 와디럼은 마치 사진 속 화성의 풍광을 연상시킨다. 그래서 와디럼에 와본 사람들이 이곳을 '지구 안의 외딴 별'이라고 하나보다.

영화 '아라비아의 로렌스'를 시작으로 최근에는 맷 데이먼 주연의 '마션' 촬영지로도 이용됐다. 수도 암만에서 남쪽으로 320km 지점에 위치한 사막지대이며 곳곳에 거대한 바위산들이 장관을 이루고 있는 곳. 3억 년 전 지각변동과 오랜 세월에 걸친 풍화작용으로 깎인 사암 덕분에 지금과 같은 신비한 모습이 완성됐다고 한다. 협곡과 동굴 깊은 곳에서는 4,000년 전 암벽에 새긴 그림을 볼 수 있다. 마을을 벗어나자마자 눈앞에 펼쳐진 붉은 사막. 타는 듯이 붉은 와디럼 사막은 모든 복잡한 생각을 떨쳐버리기에 충분하다.

그 다음 찾아간 곳은 이스라엘과 요르단에 걸쳐 있는 사해. 죽은 바다라고들 부르지만 사실은 호수다. 높은 염분 때문에 사람 몸이 둥둥 뜨는 것으로 유명하다. 부력의 비밀은 바로 염분. 손가락으로 바닷물을 찍어 맛을 보니 정말 짜다. 둘러보니 호숫가에 소금 결정체가 하얗게 쌓여 있다. 사해는 해수면보다 낮은 곳에 위치한다. 요르단강에서 물이 사해로 흘러 들어올 수는 있어도 다시 나갈 수는 없다. 게다가 주변이 온통 메마른 땅이어서 엄청난 양의 물이 증발한다. 그리고 염분은 고스란히 이곳에 남아 농도가 짙어졌다.

요르단에서 여러 번의 사기를 당했지만 좋은 사람들도 많았다. 내가 가진 부채와 자기가 가진 것을 바꾸자던 친구, 계속 쫓아다니며 당나귀를 타라던 친구, 라마단 기간이라 일몰 후 지나가는 나에게 저녁을 같이 먹자며 다가온 요르단 경찰들, 사해로 가는 길, 택시가 끊긴 도로에서 사해까지 데려다 주고 설명해주고 맛있는 음료수와 식사까지 대접해준 요르단 아저씨 등 요르단은 여행을 좋아하는 사람에게 기대 그 이상의 만족을 주는 곳이다. 낯선 곳에서 만난 뜻밖의 친절이 마음을 평화롭고도 즐겁게 만들어주었다.

양심을 지킨 자만이
영원한 삶을 얻는다

꿈에 그리던 이집트였다. 투탕카멘이나
람세스 같은 파라오들의 이름만 들어도
가슴이 뛰는 곳, 피라미드와 스핑크스,
거대한 신전들……. 하지만 2011년 '아랍의
봄'으로 일컬어지는 민중혁명이 일어난
이후 이어진 소요사태와 테러로 여행자들의
발길이 끊긴 상태다. 6년 동안 비수기였다는
이집트에서 나는 거의 모든 신전과 여행지를
혼자 여행하는 기분이었다.

이집트

고대 이집트의 역사는 짧게 잡아도 3,000년, 길게 잡으면 7,000~8,000년에 이를 정도라고 한다. 스핑크스가 있는 기자 피라미드는 카이로에서 가장 큰 규모를 자랑한다. 가이드 모마에 따르면 고대 이집트인들은 피라미드를 '메르'라고 불렀는데, 이 단어는 '올라간다'는 의미를 가지고 있다고 한다.

고대 이집트인은 시신에 혼이 깃들어 있다고 믿어 이를 보존하는 것이 고인의 내세를 위해 중요한 일이라 여겼다. 육신과 혼이 온전하게 유지되어야 사후 세계에서도 부활을 할 수 있다고 믿었다. 절대 권력의 파라오들이 거대한 돌무덤을 쌓으려고 했던 것도 그 때문이리라.

쿠푸 왕의 피라미드부터 카프라 왕, 멘카우라 왕의 피라미드 등 크고 정교한 건물들이 반만 년이 지난 지금까지도 큰 손상 없이 버티고 있다. 모마에게 들으니 지금은 표면이 울퉁불퉁한 석회암 블록이지만, 기자 피라미드에는 원래 석회암으로 된 얇은 패널이 덮여 있었다고 한다. 기자 지구의 피라미드를 지키는 스핑크스는 길이 57m, 높이 20m의 엄청난 덩치를 자랑하지만 세월이 흐르면서 '미이라' 같은 영화에서 보던 것과는 달리 다소 애처로운 모습으로 변해 있었다.

흔히 생각하는 것과 달리 피라미드 내부엔 벽화는 물론이고 어떠한 기록도 남겨져 있지 않다. 우리가 알고 있는 '사자의 서'는 미라와 함께 묻은 두루마리 형태의 기록으로, 지하세계의 안내서라고 할 수 있다. 사자의 서에 따르면, 죽은 이의 심장무게를 저울에 다는데, 심장이 깃털보다 무거운 사람은 죄가 많은 것으로 간주되어 아뮤트(악어의 머리에 사자의 갈기와 하마의 다리를 한 신)에게 심장을 먹히게 되고, 착한 사람은 오시리스(사자의 신)의 왕국에 들어가 영원한 삶을 살게 된다고 한다.

첫 번째 비행기를 놓치고 두 번째 비행기를 탔다. 밤늦게 아스완에 도착하여 새벽 3시에 아부심벨로 떠났다. 아부심벨은 이집트 19왕조의 파라오였던 람세스 2세가 만든 신전이다. 정면에 보이는 네 개의 좌상은 모두 람세스 2세 자신의 모습을 의미하는 것으로 보고만 있어도 압도되는 느낌이다. 1963년 아스완 댐을 건설하면서 수몰될 위기에 처하자 유럽 각국의 기술자들이 아부심벨 신전을 1,000여 개로 조각내서 하나씩 지금의 위치로 옮겼다고 한다. 신전을 만든 사람들도 대단하지만 이 거대한 건축을 이동시킨 인간의 의지에 고개가 절로 숙여진다.

도시 전체가 하나의 고고학 유적인 룩소르는 신왕국시대 이집트에서 가장 번성한 도시다. 파라오들이 일상생활을 했던 유서 깊은 도시이기도 하다. 메디넷 하부는 '람세스 3세의 장례 신전'이다. 왕들의 계곡은 투탕카멘의 묘가 있는 곳으로 유명하다. 수많은 무덤과 그 무덤의 주인공을 위한 신전들, 그리고 그 무덤을 짓고 신전을 관리하는 이들을 위한 거주지 등 '죽음'과 관련된 유적지들이 이곳에 자리 잡고 있다.

이집트 여행 기간 내내 보물상자를 하나씩 열어보는 느낌이랄까. 고대 이집트인들의 놀라운 발상과 기술에 놀라지 않을 수 없다. 다만 이렇게 엄청난 기술을 가졌던 이집트인들의 후손이 사기꾼이라는 오명을 쓰고 살아가고 있으니 선조들이 보면 놀랠 노자일 성싶다.

게다가 '인디아나 존스'나 '미이라', '이집트의 왕' 같은 할리우드 영화들이 이집트의 역사와 유적을 보물찾기 정도로 오해하게 만들었다는 것도 아쉽다. 이집트 여행은 아주 오래된 것들과 새로운 것들, 즉 신구가 함께하는 모습을 볼 수 있다는 게 가장 큰 매력이다. 맥도날드에서 최신형 스마트폰으로 페이스북을 들여다보며 바라보는 룩소르 신전은 신기함을 넘어 감동을 준다.

아, 이집트를 방문할 때 잊지 말아야 할 한 가지! 이집트 현지인들의 끈질긴 호객 행위에 당황하지 않고 웃으면서 대처할 마음의 준비가 필요하다. 이들과의 흥정을 유쾌한 협상으로 즐길 수 있다면 이집트 여행이 한결 즐거워질 것이다.

□ **1—2**

Africa 1

순간의 행복으로 일상을 견딘다.

Africa 2

행복은 내가 하는 일을 일을 진심으로 사랑하는 것이다.

순간의 짜릿한 행복으로
일상을 견딘다

나미브 사막 소수스플라이를 거닐어본
사람은 누구나 붉은빛에 감탄한다. 이곳
모래는 아주 가늘고 곱다. 게다가 철 성분이
많아 독특한 붉은색을 띠고 있다. 햇빛을
받아 반짝이는 부드러운 모래를 보자
갑자기 무언가 적고 싶어졌다. '행복' 두
글자를 써본다. 글자가 신기한지 외국인들이
다가와 무슨 뜻이냐고 묻는다. '해피니스'라
대답하자 다들 귀엽다며 사진을 찍어간다.

아프리카 1

□ 1

아프리카에서 가장 인상 깊은 모습 중 하나는 석양이다. 시시각각 색이 변하는 아프리카의 노을을 바라보고 있자면 대자연의 경이로움에 감탄하게 된다. 그리고 석양이 진 뒤 세상은 온통 별들로 가득하다. 높은 건물이 없으니 어디서건 별을 볼 수 있다. 눈에 비친 아프리카는 그랬다.

내가 선택한 아프리카 여행방법은 트러킹이다. 아프리카 오버랜드투어를 이용하여 아프리카의 주요 명소들을 둘러보는 방법이다. 남아프리카공화국 케이프타운에서 나미비아, 보츠와나를 거쳐 짐바브웨 빅토리아폭포 등을 총 20일간 일주하는 여정이다. 트러킹은 유럽 사람들에게 가장 인기 있는 아프리카 여행 방법으로, 실제 같이 참여한 여행객 대다수가 유럽 사람들이다.

　　아침이 되면 트럭에 올라타 인간의 손때가 묻지 않은, 자연 그대로의 풍경을 즐기고 밤이 되면 캠프파이어를 하고 캠프장에서 아프리카 대륙에 등을 대고 야생 동물들과 함께 잠을 잔다. 첫날 각자 자기소개를 했는데 행복을 주제로 여행을 다닌다 하니 어느새 내 별칭은 '해피니스'가 되어 있었다. 사람들 모두 행복과 관련된 것들이 있으면 먼저 다가와 보여주고 행복에 대한 얘기를 자연스럽게 건넨다. 트럭을 이용하여 아프리카 대륙을 누비다 보니 자연스레 트럭 안에서 보내는 시간이 많은데 유럽인들은 대다수가 여행일기를 쓰거나 카드게임을 하며 시간을 보낸다. 그 중에 흥미를 끈 이는 키티라는 네덜란드 여성이었다.

키티는 여행 중에는 여행일기를, 평소에는 행복일기라는 것을 쓴다고 한다. 매일매일 내가 얼마나 즐거웠는지 얼마나 행복했는지를 기록한다고 한다. 그렇게 행복일기를 쓰다 보면 자신을 더 잘 알게 되고 남들에 대한 미움과 원망을 버리게 된다고 한다. 그러다 보니 하루 중에도 행복하기 위한 시간을 따로 챙겨놓고 즐기거나 새로운 목표를 정해 진심으로 원하는 인생을 만들어가기 위해 노력한다는 멋진 여성이다.

트러킹 투어 기간 중 두 번의 생일이 있었다. 네덜란드에서 온 메튜라는 스물두 살 청년과 쉰다섯 살 중년의 피터. 다들 진심으로 생일을 축하해주며 생일파티를 준비했다. 생일을 맞은 사람들의 얼굴을 비디오로 촬영하고 다시 보니 찰나지만 단순히 행복만이 아닌 무언가 고마움, 부끄러움, 회상 등 여러 가지 표정이 담겨 있는 듯한 모습이다. 인간은 이런 극적인 순간에 여러 생각과 기억 들을 떠올리나 보다.

○   순간의 행복으로 일상을 견딘다

스와코프문트는 나미비아의 대서양 연안에 위치한 항만도시이자 아
름다운 휴양지다. 해변과 사막의 경치가 워낙 뛰어나 스카이다이빙,
쿼드바이킹, 샌드보딩 등 다양한 액티비티를 체험할 수 있는 곳으로
유명하다.

　액티비티라고는 전혀 경험이 없던 내가 사람들에 이끌려 하루 만
에 이 세 가지를 다 해버렸다. 그중의 하이라이트는 스카이다이빙이
었다. 그날은 무슨 정신이었는지 보통 1만 피트를 올라가는데 옵션으
로 1만2,000피트를 신청했다. 경비행기에 올라 고도가 높아지자 심장
이 두근거리기 시작한다. 1만2,000피트에 다다르자 바람이 거세게 불
며 엄청 추워진다. 막상 뛰어내리려고 하니 발이 좀처럼 떨어지지 않
는다. 가이드가 뒤에서 나를 안고 뒤꿈치를 하나씩 툭툭 쳐내니 순식
간에 몸이 공중으로 치솟는다. 그러다 다시 급속도로 내려가기 시작하
는 게 마치 진공청소기 안으로 빨려 들어가는 듯하다.

　잠시 후 가이드가 낙하산을 펴자 공중으로 둥실 떠오르니 세 가
지가 눈에 들어온다. 도시와 사막과 해변. 매일 하늘을 나는 새들이 보
는 풍경이 이런 거구나. 점차 엔돌핀이 치솟는 느낌이 든다. 심장이 터
질 듯하고 어지럽기도 하지만 그냥 그 순간이 마냥 행복하다.

어느새 모든 트러킹 일정을 마치고 작별의 시간이 다가왔다. 헤어짐
이 아쉬운지 누군가 '라이언킹'의 OST인 'The Lion Sleeps Tonight'
을 부르기 시작한다. 노래는 이내 투어 팀 전체로 퍼져 하나둘 흥얼

거리기 시작했고 결국 모두가 노래로 하나가 됐다. 노래가 작별인사를 대신했다.

단체사진을 찍기 위해 스마트폰을 켜들고 앞으로 나갔다. "Are you happy?"라고 선창하자 모두가 즐거워하며 "Yes!"라고 화답해준다. 우리는 모두 다시 만날 수 없음을 안다. 하지만 언제나 그렇듯 내일을 기약하며 서로의 행복을 빌어준다. 지금 이 순간의 행복으로 다시 또 남은 일상을 살아가야 하니 말이다.

행복은 먼저 웃는 것이다

여행은 남아프리카공화국 케이프타운에서
시작됐다. 수백 년 동안 네덜란드와 영국의
지배를 받아 온 남아공은 아프리카라기보다
유럽 분위기가 강하다. 이곳은 흑인보다
백인이 많은 곳이다. 아파르트헤이트(인종
차별정책)는 1991년에 사라졌으나 흑인들은
여전히 과거 인종차별의 영향으로 문맹과
가난에 시달리고 있다.

아프리카 2

□ 2

아프리카 자연의 다양성은 곧 문화의 다양성으로 이어진다. 아프리카 문화 중 음악, 무용은 우수한 수준의 예술로 평가받는다. 음악과 무용은 아프리카 사람들의 생활 속에 깊숙이 자리 잡고 있는데, 길거리에서도 흥이 오르면 춤을 춘다. 마음속에서 일어나는 모든 희로애락을 노래와 춤으로 달래는 것이다.

○　　　모든 사람은 서로 다른 기준과 믿음 속에 산다

관광객들을 위한 산(San)족의 퍼포먼스가 있는 날이다. 덤불 속에 산다고 해서 부시맨(Bushman)으로 알려진 종족이다. 그들의 공연을 보다 금세 시무룩해져서 텐트로 돌아가는 나를 보며 가이드와 드라이버가 묻는다.

"해피니스, 행복해 보이지 않아. 무슨 일이야?"

"부시맨 공연을 보면서 마음이 조금 불편해져서 그래. 혹시 국가가 부시맨족의 인구 등을 관리해? 혹시 문명생활을 원하면 선택할 수 있어?"

"그렇진 않아. 독립 이후에 정부에서 이동하지 말라고 해서 정착했지만 인구를 관리하지는 않아. 그들 모두 자신의 믿음에 따라 생활하는 거야. 그리고 언제든지 자신의 삶을 선택할 수 있지."

문득 영화 '아웃 오브 아프리카'에서 흑인들에게 글을 가르치려 애쓰는 메릴 스트립에게 로버트 레드포드가 한 말이 떠올랐다. 흑인들에게 글이 없는 게 아니라 쓰지 않을 뿐이라는……

내가 믿는 것과 그들이 믿는 것이 다를 수 있음을 이미 인도에서 배웠는데도 또 다시 반성하게 된다. 그들이 아직 원시시대에 머물고 있다고 느끼는 것은 나의 기준일 뿐이라는 것을……. 우리가 믿는 속도와 경쟁에 대한 집착과 그로 인한 문명의 비극을 그들이 본다면 과연 뭐라 할지 내심 궁금해진다.

짐바브웨에서 태어나 지금은 남아공에 산다는 로렌은 요리사로 일하다 여행사 매니저로 전업했다고 한다. 항상 웃으며 사람들을 기분 좋게 해주는 그녀에게 행복이란 무엇일까.

"로렌. 너는 행복해?"

"나는 진짜 행복하지. 나는 내가 하는 일이 너무 행복해. 내가 아는 것들 즉, 자연과 다른 문화 등을 사람들과 공유하는 것이 즐거워. 그리고 여행 마지막 날 사람들이 행복하게 미소 짓는 것을 보면 행복감을 넘어 짜릿한 기분마저 들지."

"너는 행복이 뭐라고 생각해?"

"행복은 안에서 자연스레 흘러나오는 거지. 행복은 네가 느끼는 그 감정이야. 그리고 그 감정이 긍정적이면 옆에 있는 사람들도 행복해지는 거고. 네가 무슨 일을 하든지 스트레스를 받지 마. 그 일을 그냥 사랑해야 해. 나에게는 이 일이 보람 있고 재미가 있다는 마음으로 시작해야 해. 내가 하는 일을 내가 좋아하고 다른 사람에게 도움이 된다면 나는 행복한 거지."

배움 8　　　　　행복은 내가 하는 일을 진심으로 사랑하는 것이다.

숙박업에 종사하는 페로는 항상 웃음으로 대화를 시작한다.

"내게 행복이란 먼저 웃는 거야. 아시아 사람들 보면 시무룩한 표정이 많은데 왜 그래? 우리는 감정 표현이 확실해.

"아시아 사람들은 유교, 불교 등의 영향으로 감정을 너무 드러내는 건 예의가 아니라 생각하거든."

"글쎄……. 자유로운 감정표현은 행복의 가장 중요한 요소야. 감정을 드러내지 않아야 훌륭한 사람이 되는 건 아니지. 어제 네가 보여준 영상 있지? 우리는 손님을 환영하는 의미로 춤과 노래를 해. 우리 가족은 모두 숙박업에 종사하는데 어제 환영인사로 한 춤과 노래가 손님만을 위한 건 아니야. 그건 바로 우리 자신을 위한 것이기도 해. 항상 웃으며 즐겁고 재미있게 생활하는 게 행복이 아닐까?"

배움 9   행복은 먼저 웃는 것이다.

퇴직 후 부부가 함께 세계 여행 중인 암브라에게도 조언을 구했다.

"우리는 인생을 개척하며 살아야 해요. 이탈리아도 예전과 달라서 요즘 청년들은 힘들어요. 청년 실업률도 굉장히 높고요. 젊은 세대들은 각자가 처한 상황에 얽매여 있기보다 그런 제약을 뛰어넘으려는 의지가 필요해요. 인생은 짧으니 더 표현하고 더 사랑하고 더 즐기고 인생을 개척하세요."

배움 10   행복은 주어지는 것이 아니라 개척하는 것이다.

■ 1—10

Norway

행복은 일과 삶의 균형을 찾는 것이다.

Denmark 1

행복은 서로를 믿는 것이다.

Denmark 2

당신의 자신의 꿈에 대해 신중하게 고민하세요.

Scotland

열정이 마법 같은 행복을 만든다.

France 1

긍정의 에너지가 주는 행복감.

France 2

관용과 배려가 없으면 통함도 행복도 없다.

Camino de Santiago 1

나를 찾는 것이야말로 행복한 삶으로 가는 길.

Camino de Santiago 2

행복은 타인과 비교하지 않는 것이다.

Portugal

친숙하고 편안한 느낌 속에 행복이 담겨 있다.

Spain

행복은 가족과 함께 하는 저녁식사.

일과 삶의 균형을 찾아봐

북유럽 여행자들은 누구나 노르웨이의
꾸미지 않은 자연을 첫손에 꼽는다. 스위스의
아기자기한 알프스와는 또 다른 아름다움이다.
노르웨이에서도 가장 인기 있는 지역은 기차를
타고 송네피오르 시발점인 플롬까지 이동하는
구간이다. 높은 산과 협곡, 강이 어우러진
풍경을 추억에 담느라 다들 사진 찍기에
분주하다.

노르웨이

■ 1

플롬에 도착하면 2시간쯤 크루즈를 타고 본격적으로 송네피오르를 탐방한다. 노르웨이 서해안에서 연결되는 송네피오르는 길이 204㎞, 최대 수심 1,300m로 세계에서 가장 깊은 피오르다. 피오르는 빙하의 침식으로 U자형 협곡을 이룬 지형이다. 배가 지나가는 긴 협곡 양옆을 높은 산들이 둘러싸고 있다.

노르웨이 제2의 도시 베르겐은 '겨울왕국'의 모티브가 된 장소로 북해의 상인이 몰려드는 무역 중심지였다. 전성기를 누리던 14~16세기 지어진 목조 건물은 베르겐의 명물이다. 지금은 레스토랑과 기념품 상점이 즐비한 상업지구로 변모했다.

베르겐 중심의 어시장에서는 북해에서 잡은 연어나 새우 등 싱싱하고 다양한 수산물을 파는데 맛이 정말 환상적이다. 도심을 걷다 보면 거리에서 연주하는 올드팝에 맞춰 춤을 추는 아이들도 볼 수 있다. 도시 전체가 마치 동화 속 마을처럼 느껴져 오래도록 잊히지 않을 것 같다.

북유럽 여행을 시작하는 순간부터 느낀 것이 하나 있다. 이곳 사람들은 다른 유럽인들과 달리 길을 걷다가 서로 눈을 마주쳐도 인사를 하지 않는다는 것이다. 행복지수 세계 4위이자 이웃나라인 덴마크와 더불어 세계 최고의 복지국가이기도 한 이곳 사람들이 이토록 무표정하다는 게 의아했다. 노르웨이 친구의 어머니 시리는 "미국이나 영국 사람들은 새로운 사람과 터놓고 대화를 잘하지만 북유럽 사람들은 그런 소질이 없다"고 한다.

IT 회사에서 일하는 니콜라스에게 노르웨이의 행복비결을 물었다.

"노르웨이 사람들은 왜 행복한 걸까?"

"내 생각에는 일과 삶이 균형을 이루기 때문이야. 돈이 중요하지 않다는 게 아니라 가족, 친구와 시간을 보내는 것이 훨씬 더 중요하다는 거지. 나는 미국 마이애미에서도 11년간 살았는데 일하는 방식은 이곳이 더 효율적이라고 생각해."

효율적이라는 말에 내가 의아한 표정을 지어보이자 니콜라스가 이야기를 이어갔다.

"우리는 각자 자기 일에 대한 책임과 결정권이 있어. 업무를 상사에게 보고하면서 진행할 필요가 없지. 미국에선 초과근무가 일에 대한 헌신이자 성과인 양 여기더라고. 하지만 우리는 초과근무는 비효율적이고 성과 관리에도 나쁜 영향을 미친다고 생각해. 우리는 얼마나 버는가를 기준으로 직업을 선택하지 않아. 얼마나 흥미를 느끼는가를 기준으로 직업을 선택하지. 어차피 우리는 세금을 많이 내잖아. 그래서 연봉이 얼마나 많은가보다 정말로 자기가 좋아하는 일을 할 수 있느냐가 더 중요한 기준이 되는 거지."

니콜라스의 말에 네덜란드의 사회학자 홉스티드가 떠올랐다. 더 큰 자율성과 권한, 자신의 일과 삶에 대한 통제권을 가질 때 행복도가 높아진다는 게 그의 지론이다. 한국은 OECD 34개국 중 노동시간 2위, 일과 삶의 불균형은 3위에 해당한다. 한국인의 노동시간은 연간 2,124시간에 이르러 OECD 국가 중 멕시코에 이어 두 번째로 많다. 게다가 임금 불평등은 전 세계에서 가장 심하다.

"우리나라는 노동시간을 줄이면 소득이 줄어들어. 그리고 경제활동을 통해 창출된 이익은 상대적으로 기업에 더 많이 분배되는 편인데 노르웨이는 조금 다른 것 같아."

니콜라스가 고개를 끄덕였다.

"그렇지. 우리는 일단 세금을 많이 부과해서 사람들 간에 소득격차가 크지 않아. 그리고 교육, 주거, 노후생활에 대한 사회적 지원이 잘 갖춰져 있어 적정한 노동시간을 유지할 수 있지."

내친 김에 궁금증을 하나 더 풀어보기로 했다.

"노르웨이에서는 장거리 버스를 탈 때 4시간이 지나면 기사가 바뀐다고 하던데 사실이야? 최근 우리나라에선 대형버스 운전사의 졸음운전 때문에 큰 사고가 났거든."

"맞아, 우리나라는 운전과 알코올에는 매우 엄격해. 알코올과 운전은 다른 사람의 생명까지 영향을 끼치기 때문이야."

배움 11   행복은 일과 삶의 균형을 찾는 것이다.

알렉산더는 IT 회사 기술자로 근무하다 퇴사 후 구직 중이라고 자기소개를 했다. 그에게도 노르웨이 사람들의 행복에 대해 물었다.

"노르웨이 사람들은 평등을 매우 중요하게 생각해. 우리나라는 모든 사람이 평등하고 소중하다고 생각해. 평등은 정말 중요해. 사람들은 자기가 더 가지는 것이 타인에게 피해를 주지 않는 것처럼 생각하지만 사실 내가 더 가지면 누군가는 반드시 상대적 박탈감을 느끼게 되어 있거든. 나는 성처럼 세워진 집들을 보면 화가 나. 결국 더 가진다는 건 본질적으로 남에게 고통을 떠넘기는 거라 생각하거든. 그래서 우리가 사는 이 세상은 불평등하지만 가능한 한 평등해지도록 노력해야 한다고 생각해."

알렉산더는 회사를 그만두고 이직을 준비 중이지만 국가에서 대부분의 수입을 보전해주기 때문에 경제적 타격이 크지 않다. 따라서 쉽게 이직할 수 있기 때문에 기업 입장에서도 이직을 줄이기 위해 사원들에게 우호적인 정책을 마련한다.

배움 12　　　　행복은 불평등을 해소하려는 노력이다.

호텔 매니저로 일하며 제2의 인생을 준비 중인 시리에게 퇴직 후 제2의 인생을 준비하는 이들을 위한 조언을 부탁했다.

> "저는 제 꿈을 실현할 자금을 모으기 위해 은퇴 후 작은 호텔의 매니저로 일하고 있죠. 은퇴 후에도 새로운 꿈을 가지고 즐겁게 삶을 누리세요. 아! 그리고 젊은 친구들을 사귀는 법을 배우세요. 그러면 한층 더 열정적이고 즐겁게 살 수 있어요. 그리고 돈보다는 열정을 좇으세요. 돈은 수단일 뿐 행복 자체를 크게 해주지는 않아요."

열정이라는 단어를 수차례 강조하며 자신의 꿈을 얘기할 때마다 함박웃음을 짓는 그녀의 표정에서 나이는 숫자에 불과하다는 걸 다시 한번 느끼게 된다.

배움 13   행복과 열정에 있어 나이는 숫자에 불과하다.

휘게, 사랑하는 사람과 함께하는 저녁

병원진료비 무료, 대학까지 교육비도 무료,
대학생이 되면 매달 생활비 120만 원을 지급하고,
실직자에게 2년 동안 연봉의 90%를 주는 나라.
행복지수 세계 1위 덴마크는 가장 이상적인
복지국가 모델로 알려져 있다. 눈으로 직접
확인하고 싶었다. 이곳에서 잃어버린 행복을 찾을
수 있을까? 이곳은 정말 이상적인 나라일까?

덴마크 1

■ 2

한국을 떠나기 전부터 덴마크에 사는 싱글대디 토마스, 그의 예쁜 딸 로라와 페이스북으로 친분을 맺었다. 그에게 카우치서핑(Couch Surfing, 현지인의 집에서 무료 숙박하고 가이드까지 받는 비영리 여행자 커뮤니티 시스템)을 신청하고 하루 빨리 만나기만을 학수고대하고 있었다.

코펜하겐 북부 링비 역에서 토마스를 만나 로라가 기다리고 있는 집으로 향했다. 로라의 방에는 책이 별로 없다. 온갖 참고서에 둘러싸여 사는 우리 아이들과는 사뭇 다르다. 내가 방문한 기념으로 로라가 수줍어하며 팝송 3곡을 연달아 불러준다.

토마스에게 로라의 방학생활을 물었다.

"지금은 방학이라 일주일에 한 번 학원에 가서 자기가 좋아하는 음악을 배우는 중이야. 공부를 잘하는 건 여러 가지 능력 중 하나일 뿐이야. 덴마크에서 학교는 행복하게 살아가는 방법을 배우는 곳이지. 앞으로 뭘 해야 행복한지, 어떻게 살아야 가치 있는 삶인지를 배우는 곳이야."

부모로서의 생각은 어떨까? 토마스가 바라는 로라의 미래는 어떤 것인지도 궁금했다.

"나는 그냥 로라가 하고 싶은걸 마음껏 했으면 좋겠어. 행복은 아이를 있는 그대로 감사하며 받아들이는 것이라 생각해. 부모가 원하는 길로 간다고 아이들이 행복해지는 건 아니잖아."

덴마크의 초등학교는 아이들에게 동물 키우기, 요리하기 등을 가르친다. 살면서 필요한 것을 배우는 것이 더 중요하다고 생각하는 것 같다. 초등학교는 중학교 과정을 포함해 9학년인데 7학년까지는 점수를 매기는 시험도 없단다. 공립이든 사립이든 학교는 아이들이 자존감을 지키며 즐겁게 교육받을 수 있도록 노력한다고 한다.

특히 고등학교 진학 전 대다수 학생이 '애프터스쿨(After School)'에 간다. 그곳에서 학생들은 앞으로 어떤 공부를 하고, 어떤 일을 하며, 어떤 삶을 살 것인지 1년 동안 고민하며 인생 계획을 점검한다. 시험 잘 보는 것을 중요시하고 공부 못하는 아이는 외면하는 한국 사회와는 확실히 다른 모습이다.

대화의 주제는 자연스럽게 덴마크의 사회복지 시스템으로 옮겨갔다.

"덴마크의 복지는 왜 특별한 걸까?" 밑도 끝도 없는 질문에도 토마스는 진지한 답변을 돌려준다.

"사실 북유럽식 복지란 게 별거 아닌데…… 국가와 시민이 서로 정치 부패 청산, 저녁이 있는 삶이라는 노동문화를 정착시키려고 노력했기 때문 아닐까 싶어."

토마스의 전 여자친구는 입양아 출신인데, 한국에서 왔다고 했다. 그녀 역시 한국인 아이를 입양해 행복하게 살고 있다고 한다. 토마스는 성인이 된 한국 입양인이 덴마크에만 대략 1만 명은 될 거라고 했다. 우리가 돌봐야 할 아이들을 무책임하게 이국땅으로 보냈다는 죄책감과 미안함에 마음이 복잡했다. 입양된 한국인이 또 다시 한국인을 입양하는 그 마음은 과연 어떤 것일까 짐작조차 어려운 일이다.

화제는 다시 장애인에 대한 이야기로 이어졌다.

"우리나라는 장애인에 대한 처우가 각별해. 국가가 장애인에 대한 진료를 책임질 뿐만 아니라 그 가족들에 대한 복지 서비스도 제공해. 그들이 주말마다 쉴 수 있도록 간병인을 보조해주기도 하지."

세계에서 가장 큰 장난감 제조업체인 덴마크의 레고가 최근에 드디어 휠체어에 앉은 장애인을 피규어로 만들었다고 한다. 장애인을 늘 배려하려고 염두에 두는 그들의 의식수준이 대단하다. 한국의 GDP 대비 장애인 복지지출 비중은 덴마크(4.71%), 스웨덴(4.28%), 핀란드(3.95%) 등 북유럽 국가들은 물론 일본(1.02%)에 비해서도 현저히 낮은 수준이다.

"휘게(hygge)가 뭐야?"

덴마크 사람을 만나면 꼭 물어보고 싶었던 질문을 꺼냈다.

"이게 바로 휘게야. 지금 너랑 공원에서 맥주 한잔하며 즐거운 대화를 나누고 있는 이게 바로 휘게야. 우리는 양초를 좋아해. 저녁에 촛불을 밝히고 따뜻한 분위기에서 가족이나 친구와 같이 식사를 하고 여유로운 시간을 보내는 거지."

휘게란 가족이나 친구와 함께, 또는 혼자서 보내는 소박하고 여유로운 시간이다. '사람들과 즐긴다'는 뜻을 가진 단어 '휘게'는 덴마크인들에게 굉장히 소중한 단어다. 우리가 꿈꾸는 '저녁이 있는 삶'과 일맥상통한다.

슈퍼마켓에는 종업원이 별로 없다. 손님들 각자가 빵을 담는다. 지하철에서는 검표가 거의 없고 자전거도 자물쇠를 채우지 않고 집 창문도 활짝 열어놓는다. 덴마크만의 유별난 풍경이라고 할 것까진 아니지만, 그만큼 가족과 친구뿐 아니라 거리를 지나는 사람들까지도 우선 믿는다. 덴마크인들은 이러한 믿음이 자신들의 삶과 행복 수준을 크게 변화시킨다고 말한다.

미국의 정치경제학자 프랜시스 후쿠야마는 『트러스트』라는 책에서 신뢰가 사회경제적 비용을 절감시킨다고 주장한다. 덴마크의 복지 시스템이 특별한 것은 이런 신뢰관계가 바탕이 된 것은 아닐까.

행복은 서로를 믿는 것이다.

덴마크에서 자전거를 타는 일은 직업과 나이를 불문하고 지극히 자연
스럽다. 직장인 35% 이상이 자전거를 이용한다. 서울에서 경험하던 교
통체증이라곤 찾아볼 수가 없다. 평균 출퇴근 시간도 15분 전후라고 한
다. 실제로 토마스와 전기자전거를 타고 코펜하겐 곳곳을 누볐는데 어
디를 가더라도 전혀 불편함이 없었다. 자전거 인프라가 정말 훌륭했다.

　　덴마크는 환경에 대한 집착이 대단하다. 종이, 캔, 병, 유기농식품
등의 다양한 재활용 수거 통이 있다. 친환경 생활은 이 사회에서 중요
한 부분을 차지한다. 1971년 세계 최초로 환경부를 설치한 나라이기도
하다. UN 기후변화 성과에서도 가장 친환경적인 국가로 선정되었다.
토마스가 덴마크의 친환경 생활을 이야기하며 소개해준 몇 곳을 방문
해보았는데 도시 곳곳에서 환경보전을 위한 실험이 이어지고 있었다.

　　덴마크 정부가 설정한 목표는 2020년까지 이산화탄소 배출량을
40% 감축하는 것 그리고 2050년까지 쓰레기 없는 나라를 만드는 것
이라고 한다. 많은 나라가 환경에 대한 약속을 저버리고 있는 요즘, 덴
마크는 미래를 내다보고 더 큰 목표를 세워 준비하고 있었다.

119

국민의 행복을 최우선시하는 사회 시스템

덴마크는 겨울이 길어 실내에서
생활하는 시간이 길기 때문에 환경을
꾸미는 일에 많은 투자를 한다고 한다.
아름다운 디자인이 삶을 행복하게
만드는 요소라는 것이다. 정부에서
디자인을 최우선 과제로 삼은 때가
있었을 정도라니 짐작이 간다. 정말
아름다운 것을 보면 행복감을 느끼게
될까? 아름다움과 행복 사이, 뜻밖의
숙제를 받은 느낌이다.

덴마크 2

■ 3

토마스는 덴마크의 행복에 대해 잘 정리된 생각을 갖고 있었다.

"알다시피 덴마크는 교육과 병원 등이 무료야. 그리고 아이들은 스스로 각자의 동기를 가지고 공부를 하지. 누구든지 길거리로 쫓겨날 일이 없어. 그래서 사람들이 안정적이야. 그러니 행복지수가 높을 수밖에 없지. 또 하나 중요한 요소는 신뢰야. 서로 옆에 있는 사람들과도 그리고 처음 만나는 사람들과도 신뢰가 있어. 우리는 정부에 대한 신뢰가 높고 사회적 유대감이 강해. 그런 것들이 결속을 가져오지. 노숙자가 없고 누구나 배고프면 먹을 수 있고 아프면 병원에 갈 수 있어. 그게 공동체 사회가 가져야 하는 의무이자 필수요건이 아닐까? 국가에서 제일 중요한 건 국민이잖아. 그래서 당연히 국민의 기본적 인권을 보장해줘야 한다는 거지. 나는 평등보다는 기본적 인권 그리고 최저생계 보장이 중요하다고 생각해. 기본적으로 인간으로서 보장받아야 할 것들을 지켜줘야 한다는 거지."

하지만 서로를 신뢰한다는 것은 말처럼 쉬운 일이 아니다. 여기에 대해서도 토마스는 명쾌한 답을 갖고 있었다.

"그건 우리 사회가 아주 투명하기 때문이야. 우린 사교단체, 축구, 요리 클럽 같은 동호회가 많아. 집이 크건 작건 우리는 만나서 서로 교류해. 클럽에 들어갈 때도 사회적 계층 때문에 제약을 받을 일이 없고 원하는 사람은 누구나 회원으로 가입할 수 있지. 슈퍼마켓 점원, 변호사, 운전사, 선생님 등 직업도 다양해."

한국도 양적으로는 인간관계가 과할 정도로 차고 넘친다. 저녁마다 온갖 모임과 회식, 약속이 있지만 즐거움을 나누기 위한 모임이 아니라 이해관계에 따른 만남이 대부분이다. 토마스는 행복하기 위해서는 어쩔 수 없이 참석해야 하는 모임보다 만나고 싶은 사람들과의 모임이 많아야 한다고 말한다.

> "우리는 정부와 정치인을 믿지. 누가 권력을 잡건, 내가 좋아하든 싫어하든 '우리가 뽑는다는 것'이 중요한 거야. 그게 민주주의잖아. 우리가 세금으로 수입의 50% 이상을 내는 거 알잖아. 정치인들을 신뢰하니까 낼 수 있는 거지."

2016년 1월, 국제투명성기구에서 발표한 부패지수에 따르면 한국의 청렴도는 전 세계 167개국 중 37위인데 반해 덴마크 1위다. 정부와 정치인에 대한 신뢰가 최고 수준이니까 복지국가가 가능한 것이다.

배움 15   행복은 인간으로서의 존엄과
가치가 바탕이 되어야 한다.

토마스의 소개로 이웃집 아저씨를 만났다. 그분은 덴마크가 세계에서
행복지수 1위라는 얘기에 크게 웃었다.

"글쎄, 우리는 그냥 '진짜 인생'을 살려고 노력할 뿐이야. 행복은 시
시각각 변하는 거잖아. 인생은 예측할 수 없는 날들의 연속이지. 행복
한 사회를 만들기 위해 중요한 것은 이기는 게 아니라 참여하는 거야."

그는 덴마크 출신 노르웨이 작가 악셀 산데모제가 1930년에 쓴
작품을 이야기했다. 1933년 악셀 산데모제는 『A Fugitive Crosses
His Tracks』이라는 소설에서 '얀테의 법칙'을 제시했다. 이 법칙은 주
로 개인의 성과보다는 공동체의 집단적 노력에 의한 성과를 강조하는
사회적 용어로 사용된다.

"여기서는 누가 더 특별하고 누가 덜 특별하다 할 게 없지. 누구
나 소중하니까. 누가 낫고 누가 못한 건 없어. 행복한 사회를 만들려면
서로 겸손해야 하고 서로 참여해야 해."

평범한 이웃집 아저씨도 행복에 관한 한 철학자라 해도 손색을
없을 정도다.

배움 16   행복은 겸손해야 얻을 수 있다.

미용실을 운영하는 키릴리안은 태어나서 행복하고, 죽더라도 행복하다고 말한다.

"나는 자신의 일을 사랑하고, 항상 새로운 것들을 배우고, 사랑하는 이들과 함께 남은 시간을 소중하게 여기며 사는 것이 중요하다 생각해요. 덴마크인들은 먹고 살기 위해서 직업을 선택하지 않도록 조심해요. 해피니스, 당신의 자신의 꿈에 대해 신중하게 고민하세요."

배움 17   **행복은 자신의 꿈을 찾는 것이다.**

트램 정류장에서 비비라는 아주머니를 만났다. 그에게 행복한 사회를 만들기 위한 조언을 구했다.

"내가 먼저 실천해야 해요. 고민해보세요. 행복한 사회를 만들기 위해 내가 무엇을 해봤나. 자신의 욕심만 채우려 하지 말고 남을 배려하세요. 그리고 희망을 잃지 말고 긍정적으로 삶을 바라보고 즐기세요."

큰 기대 없이 던진 질문에 의미 있는 대답이 돌아왔다. 행복한 사회를
만들기 위해 나는 그동안 무엇을 했나 자문해 본다.

배움 18   행복은 내가 먼저 실천하는 것이다.

○　　　**타인에 대한 신뢰와 다양성**

덴마크 사람들은 부탄 사람들과 마찬가지로 많은 물질을 소유하는 게 행복은 아니라고 생각한다. 덴마크인들이 행복을 느끼는 건 돈이 많아서가 아니라 타인에 대한 신뢰와 다양성, 그리고 개인의 선택을 존중하는 문화가 뿌리내리고 있기 때문이라고 설명한다.

'크리스티아니아'에서 제프라는 친구를 만났다. 크리스티아니아는 1971년 코펜하겐의 중심지에 덴마크 히피들이 불법거주를 하면서 생겨난 무정부주의자들의 공동체다. 40년 가까이 이어져온 이 자유로운 공동체를 지키려 주민들은 끊임없이 정부와 싸웠다. 덴마크 정부는 마침내 1987년 크리스티아니아를 '사회적인 실험'으로 공식 인정했다고 한다. 모던서커스단의 단원인 제프는 기존 서커스에 댄스와 무용을 결합하는 실험을 하고 있다고 자신을 소개했다.

"나는 일할 때 행복해. 아이들을 좋아하고 아이들이 행복한 걸 보면 기분이 좋아. 1,000명의 관객들이 행복해 할 때면 나 또한 너무 행복해지지."

"덴마크 청년들은 고민이 없어?"

내 질문이 너무 순진하게 들렸는지 제프가 웃으며 대답했다.

"당연히 있지. '크리스티아니아'가 생긴 것도 그 고민의 결과야. 사실 복지 사회라는 게 아무래도 규제가 많거든. 자유를 속박당하는 기분이랄까? 다른 나라도 마찬가지지만 사회에 점점 물질만능주의가 퍼지면서 자본에 속박당하지 않고 물질적으로 더 단순하게 살고 싶어 하는 청년들이 있어. 나 역시 그들 중 하나고 말이야."

127

덴마크는 시스템을 통해 사람들이 행복해질 수 있도록 지원하는 나라다. 그러나 조건이 마련되었다고 해서 모두가 마냥 행복한 것만은 아니었다. 덴마크에서는 알코올과 약물 중독이 최근 중대한 사회 문제로 떠오르고 있다. 밖에서 보면 이런 문제들이 더 두드러져 보일지도 모르겠다. 하지만 설령 그렇다고 해도 덴마크 사람들이 말하는 행복 속에는 진실이 담겨 있는 게 분명하다. 아무 문제도 없고 모두가 행복한 천국 같은 곳은 없을 것이다. 국민 대다수가 서로를 믿고 배려하는 가운데 행복하다고 느끼고 있다면 그것만으로도 충분히 가치 있는 일이 아닐까. 덴마크는 유독 행복에 대한 배움이 많은 나라였다.

열정이
마법 같은 행복을 만든다

스코틀랜드 에든버러 중앙역, 주위를
둘러보니 웅장한 성과 이를 둘러싼 광활한
숲 그리고 호수 등 온통 중세 도시의
분위기로 가득하다. 6세기에 지어진 도시
중심에 견고하게 자리 잡은 에든버러
성은 유독 고풍스럽다. 성 안에 들어가
파노라마처럼 펼쳐진 에든버러 시내와 넓게
트인 풍경을 바라보면 눈과 귀가 새롭게
트이는 듯하다.

스코틀랜드

■ 4

스코틀랜드의 명물은 뭐니 뭐니 해도 백파이프와 스카치위스키가 아닐까? 거리를 지날 때면 추억 속의 '스카치캔디' 광고를 떠올리게 하는 백파이프 소리가 귓가에 울려 미소를 짓게 한다. 비가 잦은 에든버러의 카페에서는 스카치위스키를 마시는 모습을 자주 볼 수 있다. 백파이프 연주가 쉽지 않은지 연주 내내 힘들어하는 표정이다.

『해리포터』의 작가 조앤 롤링은 이곳 에든버러 출신이다. 롤링은 24세에 맨체스터에서 런던으로 가는 기차여행 중 '소년 마법사 해리포터'라는 소설의 영감을 떠올렸다고 한다. 세계적 인기를 얻은 이 시리즈의 초고를 완성할 당시 그는 정부로부터 지원받은 초라한 집에서 거주했고, 보조금과 아르바이트 등으로 생활하면서 빈곤에 허덕였다. 에든버러 성이 희미하게 보이는 이곳 아주 평범한 카페에서 해리포터의 일부가 탄생했다.

○　　　빗속에서 더욱 뜨겁게 타오르는 열정

해마다 8월이면 에든버러에서는 롤링과 같은 순수하고 열정적인 예술가들을 어디에서든 볼 수 있다. 세계 각지에서 유명한 전문 음악인, 연극인들이 몰려들어 에든버러를 문화예술의 도시로 만들기 때문이다. 에든버러 페스티벌 중 가장 인상적이었던 건 프린지 페스티벌. 공연예술인들이 꼭 한번 참여하고 싶은 꿈의 축제가 열리는 로열마일 골목 구석구석에서 연주와 퍼포먼스, 마술 쇼 등이 관객의 코앞에서 생생하게 펼쳐진다.

　　하루에도 몇 번씩 급변하는 악명 높은 날씨도 예술에 대한 이들의 열정에는 아무런 영향을 주지 못한다. 흩날리는 가랑비와 짙은 먹구름도 어느새 훌륭한 무대효과가 되어 버리니 말이다. 정성을 다한 열정적인 공연은 초라한 간이무대조차도 멋진 예술작품으로 변모시킨다.

　　에든버러 페스티벌의 또 다른 하이라이트는 에든버러 성 앞에서 진행되는 로열 에든버러 밀리터리 타투다. 킬트라는 남성용 체크무늬 스커트를 입은 스코틀랜드 군악대의 백파이프 공연을 비롯해 세계 각국의 군악대들이 참가해 연주와 노래, 춤으로 자국의 역사와 세계의 평화를 기원하는 무대를 연달아 선보인다. 마지막 무대가 끝날 즈음이면 어느새 관객 모두 하나가 되어 있다. 군악대 행진과 연주를 보여주는 이 행사는 매년 매진사례를 이어오고 있다고 한다.

에든버러 페스티벌은 제2차 세계대전으로 인해 상처받은 이들의 정

신을 치유하기 위해, 그리고 종전 이후 전쟁으로 얼룩진 유럽을 문화
예술로 재통합하자는 목적으로 시작되었다고 한다. 사실 에든버러를
세계에 알리는 데 가장 큰 기여를 한 것 중 하나가 바로 에든버러 국
제 페스티벌이다.

주민들도 참가해 서로 결속력을 강화하고 축제를 통해 새로운 일
자리를 얻는다. 실제로 이 축제는 지역의 문화 자원으로서 크나큰 경
제적 가치를 창출하고 있다. 중세와 근대 건축물로 가득 찬 에든버러
에서 세계 각지의 예술가들이 다양한 공연예술로 교류하며 축제 그 이
상의 앙상블을 만들어내는 모습이 아름답다.

프린지 페스티벌 중 지난해에 이어 두 번째로 열리는 '코리안 시즌'이
에든버러에서 주목을 받고 있다. 국가적인 문화상품으로 인정받고 있
는 난타 공연도 이 축제를 통해 세계에 널리 알려졌다. 에든버러 중심
가 로열마일에서 한국의 청년예술인들로 구성된 '비나리'와 '페르난
도' 팀이 열정적인 공연을 펼치자 각국의 관객들이 호기심 어린 표정
으로 바라본다. 마침내 하이라이트 공연이 끝나자 다들 우레와 같은
박수를 보냈다. 페르난도 팀원의 말로는 올해 한국에서 5개 팀이 참
가했다고 한다.

리우데자네이루 올림픽에서 우리 청년들이 피땀으로 애국가를
울리는 동안 이곳 에든버러 페스티벌에서도 청년 예술인들이 비를 맞
으며 한국의 공연예술을 알리기 위해 안간힘을 쓰고 있었다. 그들의
공연을 보는 동안 그들의 열정이 잔잔한 감동과 행복이 되어 비처럼
나의 몸과 마음을 적셨다.

온화한 기후가 만드는 긍정적 에너지

프랑스 남부 프로방스 지역은 반 고흐,
폴 세잔 등 인상파 화가들이 특별히 사랑한
곳이다. 그들은 프로방스 지역의 따사로운
햇살과 바람에 따라 시시각각으로 움직이는
자연의 색채와 이미지를 화폭에 담아
세계인들의 가슴속에 프로방스에 대한
로망을 심어주었다.

프랑스 1

남프랑스 아를은 고흐가 사랑한 마을이다. 태어난 곳은 아니지만 지금의 고흐를 만든 곳이 바로 아를이다. 사람들이 아를을 여행하는 가장 큰 이유도 바로 그 때문이다. 고흐는 프로방스의 따사로운 햇살 속에 15개월간 머물며 187점의 그림을 그렸다. 때로는 열정적으로 또 때로는 절망하며 걸음을 옮기던 흔적이 카페와 골목과 병원에 고스란히 남아 있다.

그는 자연뿐 아니라 해질녘 집으로 돌아가는 지친 광부나 들판에서 땀 흘리는 농부 같은 노동자들을 그렸다. 열심히 일하는 사람들에게서 전해오는 감동을 그림으로 옮기고 싶었던 것은 아닐까?

아를은 고흐의 예술혼 외에 로마시대의 유적을 볼 수 있는 곳이다. 도심 중심가에는 콜로세움을 닮은 원형경기장, 고대 로마식 극장이 있어 이채로운 볼거리를 제공한다.

아를이 고흐의 고장이라면 엑상프로방스는 세잔의 도시라고도 불리는 곳이다. 프랑스 남부 부슈뒤론 주의 도시로 폴 세잔의 작품 활동 무대로 유명하다. 엑상프로방스(Aix-En Provence)의 'Aix'는 고대 라틴어로 물을 뜻하는데, 유난히 물이 풍부해서인지 도시 곳곳에서 아름다운 분수를 발견하는 재미가 있다. 여기저기 피어 있는 꽃과 따뜻한 물이 흐르는 분수 그리고 햇살이 가득한 이 도시는 프로방스 하면 떠오르는 이미지를 충분히 충족시켜 준다.

론 강을 타고 아를에서 북서쪽으로 거슬러 오르면 아비뇽이다. 우리에게는 세계사 수업 속 '아비뇽 유수'로 유명한 곳이다. 1309년 교황 클레멘스 5세가 정치적인 이유로 바티칸으로 가지 못하고 아비뇽

에 머물면서 교황청으로 사용한 곳으로, 당시 교황권은 프랑스의 지배하에 있었다고 한다.

요새 같이 견고한 석조건물이 당시 모습을 그대로 유지하고 있어 웅장하기도 하고 신기하기도 하다. 론 강에 있는 끊어진 다리는 아비뇽다리라고도 한다. 아를에 비하면 작은 도시였던 아비뇽은 이 다리가 건설되면서 더 큰 도시로 발전했다고 하는데, 17세기 말 홍수로 인해 절반이 떠내려가고 지금은 일부만 남아 있다.

프랑스 제2의 도시 마르세유는 다른 어떤 도시보다 이민자, 그 중에서도 북아프리카 알제리계 이민자가 많은 곳인데, 기원전 600년에 세워진 오래된 도시여서 문화유산과 아름다운 건축물이 많다. 지중해 연안에 위치하고 있고 비잔틴 양식의 신 대성당과 노트르담 드라가르드 교회 등이 자리하고 있는데 버스를 타고 교회에 올라가 바라본 마르세유의 전경은 비할 데 없이 아름답다.

스페인 국경에서 18km 떨어진 비아리츠는 프랑스 3대 휴양지로 꼽히는 곳이다. 이곳엔 프랑스 최초의 해수욕장이 있으며 랑드지방까지 이어지는 해안은 경관이 무척 뛰어나다. 나폴레옹 3세가 다녀간 작은 어촌 마을에 귀족들이 모여들었고 자연스럽게 고급 휴양지로 발전하게 된 것이라 한다. 온화한 기후가 일 년 내내 이어지는 비아리츠는 아름다운 절경과 해변을 따라 길게 펼쳐진 산책로를 걸으며 다양한 경치를 즐길 수 있다.

프로방스를 여행하다 보면 기후만으로도 행복이 배가되는 것을 느낄 수 있다. 남프랑스의 따뜻한 기후는 예술가들은 물론 무지렁이 여행객에게도 영감을 심어준다. 따뜻하면서도 선선하고 편안하면서도 풍요로운 기분을 불러일으켜 삶에 대한 긍정적 에너지를 충전해 준다. 프로방스 사람들이 낙천적일 수밖에 없는 이유다.

관용과 배려가 없으면
통합도 행복도 없다

런던에서 파리로 들어가는 역사(驛舍),
수상쩍어 보이는 사람이 소리를 지르며
플랫폼으로 뛰어 들어오자 한 승객이 놀라
울음을 터뜨린다. 술에 취한 사람이 난동을
부리는 것이니 안심하라는 방송이 울려
퍼졌지만 겁에 질린 사람들은 쉽게 마음을
가라앉히지 못하는 분위기다. 프랑스에서
수차례 테러가 발생한 이후 이 같은 일이
자주 벌어진다고 한다.

프랑스 2

■ 6

여느 대도시처럼 지하철역을 오가는 파리 사람들의 발걸음도 빠르다. 거리에는 자신과 공동체의 삶을 개선하기 위한 파업이 끊이지 않는다. 1995년, 홍세화 작가가 펴낸 『나는 파리의 택시운전사』라는 책이 한국 사회에 '톨레랑스(tolerance)' 열풍을 불러일으킨 때가 있었다. 관용이라는 뜻의 낯선 프랑스어가 이제는 모두에게 익숙하다. 톨레랑스란 나의 생각이 완전할 수 없음을 인정하고 신앙, 사상 등이 서로 다른 것을 이해하고 포용하는 개념이다.

프랑스는 톨레랑스를 바탕으로 관대한 이민자 정책을 펼쳤으나 최근 극단적인 종교 신념을 가진 사람들로 인해 길을 잃었다. 프랑스 내에서는 이슬람국가(IS) 문제뿐만 아니라, 사회적 차별과 부당한 대우 등 내부적 요인이 무슬림들에게 소외감을 안겨 극단주의자로 변모시켰다는 의견도 크다.

프랑스는 2004년 공식적으로 학교에서 히잡 착용을 금지했고, 최근에는 잇따른 테러로 인해 휴양지 니스를 비롯한 15개 해변도시가 부르키니 착용을 금지했다. 프랑스는 저출산과 하위 노동계층을 메우기 위한 이민정책의 결과 사회융합에 실패했다는 평가를 받고 있다. 참고 인내하며 관용을 베푸는 그들의 다문화 정책이 과연 올바른 것이냐에 대해 비판하는 목소리가 높아지고 있다.

○　　　　서로의 다름을 인정하는 관용과 배려

역 구내 TV 앞에서 최근 일어난 테러에 관한 논쟁을 벌이는 프랑스인들을 바라보다 이주노동자로 한국에 온 교수 출신 몽골인 A가 떠올랐다. 대학 과제를 위해 인터뷰를 하는 내내 그는 한국에서 이주노동자로 생활하는 것이 너무 힘들다고 했다. "우리에겐 노동법이란 게 없어. 월급은 사장이 주는 대로 받아야 하고 산업재해가 빈번해도 산재보험은 적용되지 않아." 당시에는 과제를 위한 만남이었기에 대수롭지 않게 지나쳤고 이제는 기억에서도 희미해진 그의 말 속에 담겨 있던 불편한 진실이 이제야 다시 가슴을 울린다.

이주노동자들은 어느덧 우리 사회의 구성원이 되었지만 한국인은 다문화 가정에 별로 관심을 두지 않는다. 이들을 가족이나 이웃으로 생각하지 않기 때문이다. 과거 한국인들도 돈벌이를 위해 세계 각지로 떠나던 때가 있었다. 그들 역시 동양인이라는 이유 하나만으로 멸시를 받아도 본국의 가족들을 생각하며 하루하루를 버텨냈을 것이다. 그때 그들과 지금의 동남아 등지에서 온 이주노동자들이 다를 게 뭐가 있단 말인가.

국제결혼 이민자, 외국인 노동자, 북한 이탈주민 유입 등으로 국내에 체류하고 있는 외국인이 200만 명이 넘는다고 한다. 학자들은 이들이 내국인의 차별과 문화적 차이로 혼란을 겪게 되고 극단적인 행동을 할 수도 있다고 경고한다. 위험을 방지하기 위한 목적이 아니라 인간이기 때문에 누구나 가지는 권리를 그들도 누려야 한다. 그들에 대한 한국인들의 태도를 생각하니 마음이 무거워진다.

147

한여름 파리의 햇빛 아래 에펠탑은 빛나고 있지만 프랑스 사람들의 여유 있는 표정은 그늘 속으로 사라졌다. 이방인에 대한 관용과 배려야말로 사회적 통합을 이뤄내고 상생의 길을 찾는 방법이 아닐까 하는 생각이 여행객의 머릿속을 혼란스럽게 한다.

좀 더 단순하게
살아보는 건 어떨까?

내가 진정으로 원하는 것은 무엇이고,
삶이란 도대체 무엇일까? 그 물음들에
대한 해답을 찾기 위해 12세기 동안 수백만
명의 사람이 길을 나섰다. 카미노 데
프란세스라고 불리는 코스는 프랑스 남부
생장피데포르에서 시작해 피레네 산맥을
넘어 스페인 북서쪽의 도시 산티아고 데
콤포스텔라로 이어지는 800km에 이르는
길이다. 바로 거기에 예수의 열 두 제자 중
하나였던 산티아고의 무덤이 있다.

산티아고 순례길 1

■ 7

○   길을 걷는 데도 방법이 있다

순례 첫날, 생장 생장피데포르에서 론세스바예스까지 27km를 걸어야
한다. 길은 피레네 산맥 위를 지난다. 새벽안개 속에 혼자 길을 나서 가
만히 걸어본다. 완벽한 정적이다. 내 발걸음 소리와 숨소리 외에 아무
소리도 들리지 않는다. 오래 전부터 소망해오던 곳이지만 그 길에 서
자 어느새 마음이 초조해진다.

무릎이 좋지 않아 잠시 움츠리다가 일정 때문에 어쩔 수 없이 발
길을 재촉하는 날이다. 저 혼자 앞서가는 마음 때문인지 걸음에 영 박
자가 생기질 않는다. 마침 뒤따라오던 이들이 걱정스러운 듯 말을 건
네 온다. "그렇게 걸으면 안 돼요." 깜짝 놀라 뒤를 돌아보니 베테랑 여
행자처럼 보이는 프랑스인 부부다.

"억지로 걸으면 안 돼요. 무릎이 안 좋으면 좀 쉬면서 괜찮아질
때까지 기다리세요. 조금 늦게 도착하더라도 천천히 걸으세요. 그리고
주변을 둘러보면서 즐거움을 찾아보세요."

급한 내 마음을 꿰뚫은 것인지 그들은 그렇게 한마디 남기고는
홀연히 사라졌다. 길을 걷는 데도 방법이 있다……. 나는 잠시 멍해져
서 걸음을 멈추었다. 그리고는 조용히 스마트폰을 가방 속에 집어넣
었다.

속도를 늦추고 나를 둘러싼 풍경을 둘러본다. 조금씩 차분해지면서 나
를 둘러싸고 있는 것들을 바라보기 시작했다. 강물소리와 바람에 날리
는 낙엽 소리가 들리기 시작했다. 보이지 않았던 것들이 조금씩 윤곽

152

을 드러내면서 내 눈을 씻어준다. 시간이 멈춘 듯했으나 그렇게 시각이 변한 건 아주 짧은 시간이었다.

여기 와서까지 순례를 빨리 끝내려는 욕심이 앞섰던 걸까? 나는 나를 둘러싼 것들에 거의 관심을 가지지 않았던 것이다. 들판과 마을과 성당과 사람들이 새롭게 다가왔다. 그전에는 너무 익숙해 아무런 느낌도 주지 못했던 것들 말이다. 그러면서 고단하게만 느껴졌던 길이 다르게 보이기 시작했다. 그리고 무엇보다 나는 혼자가 아니었다.

얼마쯤 걷자 안개는 이미 말끔히 걷혀 있었다.

_____

배움 19   행복은 전혀 다른 시각에 있다.

_____

며칠째 단조로운 풍경이 이어지고 있다. 옆에 가던 사람에게 말이나 붙여보자 하고 "Why Santiago?"라고 물었다. 그는 "Divorce(이혼)"라고 짤막하게 대답했다. 지루함을 이겨보려던 시도는 다시 무거운 침묵으로 이어졌다. 딱히 이야기를 이어가지 못하고 조용히 길을 걷던 그와 우연히 같은 알베르게(순례자 전용 숙소)에서 머물게 되었다. 그제야 서로 마음을 열고 이야기를 나누게 되었다. 30대 후반인 그는 미국에서 회계사로 일한다고 했다.

> "솔직히 나는 불행해. 내 안의 열정이 사라졌어. 그냥 출퇴근을 반복하며 일에 몰두할 뿐 항상 시간에 쫓기며 살았어. 사실 지금은 마지막 그날 아내와 어떤 대화를 나누었는지 기억나지 않아. 감정이 메말라 버린 건지 이혼하자는 말에 아무 감정도 느끼지 못했어. 일을 제외하고 내가 한 건 아무것도 없었어. 좋은 남편도, 좋은 친구도 되지 못했어. 아무 감정 없이 가족과 친구들을 대한 날들을 후회해. 난 삶을 너무 복잡하게 생각했던 것 같아. 그래서 이제 좀 더 단순하게 보려고 해. 이젠 더 이상 지금 할 수 있는 일을 훗날로 미루지 않을 거야."

산티아고 순례길에서 만난 많은 한국 청년들이 꿈과 현실 그리고 현실과 이상 속 고민에 대한 답을 찾기 위해 왔다고 했다. P는 "내가 원하는

155

삶이 무엇인지 아직 모르겠어요. 부모님이나 친구들 말처럼 그냥 취업하고 거기에 만족하며 살아야 하는 건지, 정말 내가 원하는 일을 찾아 다른 삶을 살아야 하는 건지 고민 중이에요"라며 생각을 털어놓았다.

S는 "나는 내 인생이 특별하다고 생각했어요. 그러나 어느 순간 돌아보니 그냥 평범한 사람이더군요. 저도 모르게 현실에 안주해가는 모습이 보이기 시작해서 회사를 그만두고 이곳에 왔어요"라고 했다.

대학 졸업을 앞두고 세상에 나가야 하는 청춘이나 은퇴해서 인생 2막을 준비해야 하는 사람들처럼 살다 보면 선택의 기로에 서는 순간이 있다. 현실에 안주하고 싶은 유혹에 의문을 던져보기도 하고 다시금 꿈을 좇기 위한 확신을 이곳에서 찾아보기도 한다. 산티아고 길은 그렇게 저마다 짊어지고 온 근심을 하나둘 내려놓고 서로 미소를 나누는 길이다.

그런데 그들의 고민은 어쩌면 이 길을 나설 때부터 해결돼가고 있는 것이 아닐까. 마음속의 열정을 깨우겠다고 이미 결정을 내린 것이니 말이다. 늘 꿈꾸면서도 뛰어들 용기를 내지 못했던 꿈을 찾으러 왔으니 말이다. 그들의 얼굴은 나를 찾는 것이야말로 행복한 삶으로 가는 길이자 잃어버린 꿈을 다시 만나는 것이라고 말하는 듯하다.

배움 20

행복은 자기 마음속의 열정을 깨워
지난날의 나를 찾는 것이다.

나눔은 행복이라는 요리의
가장 큰 재료다

피레네 산맥을 넘고 나바라를 지나면 끝도
없이 펼쳐지는 포도밭이 턱밑으로 다가온다.
황금빛 밀밭의 지평선이 펼쳐지는 메세타,
대성당이 있는 부르고스와 레온, 울창한
숲의 갈리시아 등 산티아고 순례길에서
바라본 풍경은 참으로 다양하다. 우리의
삶만큼이나 다양한 풍경이다. 그 모든 길을
가로지르면 마침내 다다르게 되는 산티아고
데 콤포스텔라, 산티아고의 무덤이 있는
그곳에서 순례는 끝이 난다. 그리고 마음속
많은 길 중 하나의 길만이 남는다.

산티아고 순례길 2

■ 8

산티아고 순례길을 먼저 걷고 순례자들을 돕기 위해 자원봉사를 하는 여성을 '오스피탈레라'라고 한다. 부르고스에서 만난 오스피탈레라는 유난히 행복해 보이는 사람이었다. 그와의 대화는 매우 인상적이었다.

> "나눔은 행복이라는 요리의 가장 큰 재료야. 사람들을 도울 수 있다는 건 내게 있어 정말 감사한 일이고 나는 이 일을 사랑해. 사람들에게 선물을 주면 행복이 와. 더 주면 더 행복해져. 나는 지금 이곳에 있는 것에 만족해. 그건 이 일이 원래 내가 하던 일보다 훨씬 가치 있는 일이기 때문일 거야."

배움 21   **행복은 이웃과 함께 나누는 것이다.**

나헤라-산토도밍고 데 까사다 구간에서 우루과이에서 온 엔지니어 파블로와 의대생인 티파니를 만났다. 두 사람은 파울로 쿠엘료의 『연금술사』를 읽고 이곳을 찾았다고 한다.

"나는 팝콘 장수가 되기보다는 양치기가 되기 위해 이곳에 왔어."

파블로는 엔지니어 일을 그만두고 새로운 일을 찾아볼 참이라고 한다. 그 결심이 굳히기 위해 산티아고에 온 것이다.

티파니 역시 의사의 길을 두고 고민하고 있었다.

"인생의 모든 일에는 치러야 할 대가가 있지만 남들이 어떻게 생각하는지는 중요하지 않은 것 같아. 내게 누군가 이미 익숙해져 있는 것과 가지고 싶은 것 중 하나를 선택하라고 한다면 나는 가지고 싶은 것을 선택할 거야."

바르셀로나에 살던 데이비드는 7년 전 모든 것을 버리고 오스피탈 데 오르비고-아스트로가 구간에 가게를 차리고 순례자들에게 무료로 간식을 제공해오고 있다. 그에게 행복에 대하여 물었다.

"행복은 삶을 바라보는 자세라고 생각해. 중요한 건 자기 삶을 사는 거야. 나와 비슷한 사람들과 비교하기 시작하면 내 삶은 없어지고 말지. 남들과 같은 삶을 사느니 조금 다르게 보이더라도 내 삶을 사는 게 행복해지는 비결이야."

그는 삶의 기존 방식이 행복을 가져다주지 않는다는 생각에 콤포스텔라에서 돌아오는 길에 모든 걸 버리고 이곳에 정착하기로 결심했다고 한다. 그리고 좀 더 행복할 수 있는 방법을 지속적으로 찾고 있다고 한다.

배움 22   행복은 타인과 비교하지 않는 것이다.

산토도밍고 벨로라도에서 애견과 함께 이탈리아 베니스에서 온 프란시스코와 나눈 대화도 기억에 남는다. 그는 삶을 좀 더 단순하게 바라보면 행복해질 수 있다고 말한다.

"요즘에는 자신의 행복의 길을 찾는 사람이 거의 없는 것 같아. 세상이 복잡해지고 주변 환경과 수많은 정보 속에 살다 보니 다들 혼란을 겪는 것 같아. 때로는 복잡한 문제들을 단순하게 치환해서 바라보면 중요한 것들을 놓치지 않을 수 있어. 일상 속에서 중요한 순간이 와도 그것들을 바쁘다는 핑계로 쉽사리 놓치고 말지. 참 안타까운 일이야."

배움 23   행복은 복잡해 보이는 문제들을
                    단순하게 바라보는 것이다.

나헤라-산토도밍고 데 까사다 구간에서 만난 지미는 미국 콜로라도에서 왔으며, 일흔한 살 생일을 맞아 자신을 시험해보기 위해 이곳에 왔다고 말했다. 그에게는 조언을 구했더니 역시 실망시키지 않는 대

답을 해주었다.

"우리 나이 정도 되면 이루지 못한 꿈 때문에 실망하고 좌절하는 일들이 있어요. 하지만 꿈꾸기를 멈춰서는 안 돼요. 자신이 느끼는 권태와 패배를 세상 탓으로 돌리는 건 옳지 않습니다. 안락함에 안주하지 말고 새로운 꿈을 꾸고 변화시켜야 해요. 세상을 변하게 하는 것도 자기 자신을 변하게 하는 것도 바로 우리 자신이니까요."

배움 24　　　　행복은 내가 세상의 주인임을 인식하고
　　　　　　　꿈꾸기를 멈추지 않는 것이다.

아스트로가의 한 알베르게에서 스웨덴에서 왔다는 80대 노부부를 만났다. 그들에게 순례길에 온 동기를 물었다.

"우리는 가톨릭교도인데 이 순례는 우리가 어릴 때부터 꿈꿔온 거예요. 이 순례가 우리에게는 말할 수 없는 기쁨이에요. 이제 편하게 눈을 감을 수 있을 것 같아요. 늦게라도 할 수 있게 되어 정말 기뻐요."

산티아고 순례길을 걸은 사람들은 결국 가장 소중하게 남는 것은 사람이라고 말한다. 그 길에서 나누는 기쁨, 베푸는 행복을 느끼기 때문이다. 함께 길을 걸으며 아플 때 약을 나눠주고, 목마를 때 물을 건네고, 물집을 따주고 밥을 나눠주는 등 서로를 위해 시간을 소비하고 물질을 나누기 때문이다. 이 길이 아름다운 이유는 길을 걷는 이들 때문일 것이다. 우리 삶도 그래야 하는 게 아닐까. 삶이라는 길 위에 만나는 사람들이 그 무엇보다 소중하기 때문이다.

혼자 걷는 길인 줄 알았던 산티아고 순례길. 그러나 그 길 위에는 사람들이 있었다. 각자 그 길을 가지만 서로 보듬어주고 돌봐주고 믿어주기 때문에 가는 길, 그리고 갈 수 있는 길 말이다.

배움 25   행복은 길 위에서 만나는 소중한 사람들에 있다.

과거의 영화를 다독이며
새로운 꿈을 키우는 것

포르투갈은 고향에 온 것 같은 느긋한
분위기가 마음을 끄는 곳이다. 대항해의
시대를 열었던 제국, 그러나 이제는
유럽에서 가장 가난한 나라 중 하나가 되어
어느새 잠든 사자가 되어버렸다.

포르투갈

■ 9

대항해시대의 영광을 간직하고 싶어서일까, 리스본에는 이를 기념하기 위한 곳들이 많다. 발견의 탑은 1960년에 해양왕 엔리케 사후 500년을 기념하여 세워졌으며 바스코 다 가마가 항해를 떠났다는 바로 그 자리에 기념비가 세워져 있다. 지금은 공사 중이지만 광장 바닥에 새겨진 포르투갈이 지배하던 나라들을 표시한 세계전도를 보면 당시의 위세를 짐작할 수 있다.

리스본이 자리하고 있는 테주 강 하구는 바다에 인접해 있어 선박출입을 감시하는 요새인 동시에 전진기지였다고 한다. 탐험가들이 항해를 떠나기 전과 힘들게 돌아와 처음으로 보게 되는 것이 이곳에 있는 벨렘 탑이다. 포르투갈 사람들에게 바다는 세상의 끝이 아니라 또 다른 가능성이었다. 그 바다에 대한 열망을 행동으로 옮긴 해양왕 엔리케 덕분이었을까, 유럽은 대항해시대의 막을 열었다.

포르투갈 제2의 도시 포르투는 대서양과 도루강이 만나는 유서 깊은 항구도시다. 많은 사람들이 극찬하는 이 도시에서 포르투의 상징인 도루강의 다리 루이 1세 철교를 볼 수 있다. 루이 1세 철교는 에펠의 제자 테오필세이르그가 설계했는데, 철교에 올라 대서양을 향해 서면 오른쪽 포르투와 왼쪽의 빌라노바드가이아가 한눈에 들어온다.

포르투에서는 무엇보다 포트와인을 빼놓을 수 없다. 포트와인은 프랑스가 영국으로의 와인 수출을 중단하자 영국인들이 포르투갈에서 대체품을 찾는 과정에서 나온 것으로 브랜디를 넣어 알코올 도수를 높이고 달콤한 맛을 더했다고 한다.

포르투갈을 떠나기 전 포르투갈의 전통민요 파두 공연장을 찾았다. 파두는 운명이라는 뜻의 라틴어 'Fatum'에서 유래했는데 18세기에 브라질로 이주해간 포르투갈인들이 즐기던 것으로 남미와 흑인 노예들의 음악이 포르투갈인들의 정서 속에 녹아들었다고 한다. 섬세하면서도 구슬픈 멜로디가 잃어버린 것에 대한 슬픔, 갈망을 얘기하는 듯하다.

포르투갈은 화려한 볼거리는 많지 않지만 친절한 사람들과 편안한 분위기에 마치 고향에 온 듯 친숙하고 편안한 느낌을 준다. 포트와인과 함께 이 도시의 명물인 바칼라우 요리를 즐기고 파두 공연을 감상한다. 이곳은 진정 과거를 다독이며 새로운 날을 기대하게 만드는 곳이다.

가족과 함께 하는
따뜻한 저녁식사의 즐거움

많은 사람들이 이슬람 건축의 최대 걸작으로
꼽히는 알람브라 궁전을 보기 위해
그라나다에 온다. 알람브라 궁전은 스페인의
마지막 이슬람 왕국 궁전으로 왕궁과 성채,
정원으로 나뉘어 있다. 정원에 들어서자
졸졸 흐르는 물소리와 시원한 바람이 다가와
얼굴에 미소를 그려놓고 간다.

스페인

세비야 한가운데에는 스페인 최대의 성당이자 유럽의 3대 성당 중 하나인 세비야 대성당이 있다. 처음 보면 누구나 그 크기에 압도당하는데 15세기에 이슬람을 정복한 기독교도들이 8세기에 건설된 모스크 위에 지은 성당이라고 한다.

　스페인에서 가장 아름다운 광장이라 할 수 있는 스페인광장은 1929년 세비야에서 열린 에스파냐-아메리카 박람회를 위해 건축가 아니발 곤살레스의 설계로 지은 것이다. 영화 '스타워즈 에피소드 2'의 배경이 된 곳으로, 광장 어느 곳에서 사진을 찍어도 그림이 된다.

　세비야는 무엇보다 플라멩코의 본고장이다. 사랑에 버림받은 아픔을 처절하게 토해내는 노래처럼 이제는 오래되어 쓰러질 듯한 무대에서 남루해져 버린 옷을 입고 온몸을 불살라 춤을 춘다. 그들의 공연을 보고 있자니 무언가에 열정적으로 몰입하고 싶은 마음이 솟구친다.

　스페인에서 인상 깊은 건 새벽이면 시작되는 물청소, 도시 곳곳에서 볼 수 있는 직사각형의 광장과 분수 그리고 무엇보다 친절한 사람들이다. 스페인에서는 길을 잃어버리기가 쉽지 않다. 언제 어디서든 적극적으로 다가와 도와주는 스페인 사람들이 있기 때문이다. 심지어 말이 통하지 않으면 손을 붙잡고라도 목적지에 데려다 준다.

○　　사랑하는 사람들과 함께하는 시간이 곧 축제

스페인 사람들을 만나면 특유의 인간미와 삶에 대한 긍정적인 기운을 느끼게 되는데, 이들의 밤문화 때문이 아닐까 싶다. 밤만 되면 스페인 어디나 광장 주변은 인산인해다. 주말이나 평일이나 다를 바 없다. 가족, 연인, 친구들과 모여 앉아 왁자지껄 대화를 나누느라 시간 가는 줄을 모른다. 매일 저녁 광장에 모여앉아 와인 한잔에 올리브 몇 개로 웃고 떠들면서 시간을 보낸다는 게 나로서는 신기하고 생경한 풍경이다.

마을축제도 마찬가지다. 벨로라도에서 농산물 경연대회를 하는 마을축제를 보게 되었는데 모두가 마냥 즐거운 표정이다. 축제라는 게 즐기기 위한 것이긴 하지만 무언가 목적이 있기 마련인데 그들의 축제에서는 그런 모습이 보이지 않는다. 무언가 팔거나 사는 모습을 볼 수 없다.

팜플로냐에서 만난 미카엘의 이야기를 들으니 그 의미를 알 것 같다.

"도시에서 열리는 보통 축제와는 조금 다르지. 마을축제는 목적이 없어. 그냥 즐기는 거지. 그래서 즐거운 거야. 그냥 즐겁게 어우러져 놀기 위해 축제를 여는 거야."

스페인 소도시에서의 축제는 가족, 이웃과 교류하기 위해 이루어진다는 얘기다. 음식을 만들어 서로 나누어 먹거나 남녀노소 어울려 카드게임을 하는 등 가족과 이웃들이 함께하며 하루 종일 소통의 즐거움을 누린다.

■
○　　　**가족의 가치를 지키며 문화를 즐기는 것이 장수의 비결**

스페인 사람들은 장수하는 것으로 유명하다. 팜플로냐에서 만난 조세프와 이야기를 나누다 보니 스페인 사람들이 문화와 생활을 얼마나 소중하게 여기는지 알 것 같다.

> "내가 보기에 스페인 노인들은 당당하게 문화와 오락을 즐길 줄 알아. 자신만의 문화를 누릴 줄 아는 사람은 늙지 않잖아? 우리는 노화를 자연스럽게 받아들일 줄 알고 낙천적인 편이야. 그리고 가장 중요한 건 가족, 이웃과 친밀한 관계를 유지한다는 거지."

실제로 스페인 곳곳에서 만난 노인들은 하나같이 평화로운 미소를 머금고 있다. 스페인 인구 중 17%가 65세 이상인데 그 중 대부분이 자택에서 노년을 보낸다고 한다. 60대 자녀가 80대 부모를 보살피고 같이 산책을 하거나 간병하는 이른바 '노노(老老)간병'의 모습도 쉽게 볼 수 있다. 스페인보다 사회복지가 잘 되어 있는 나라들보다 이들이 오래 사는 이유는 바로 그렇게 가족의 소중함을 지키며 생활을 가꾸는 데 있지 않나 싶은 생각이 든다. 꽃으로 장식된 아름다운 주택들, 화려한 색상의 의상 등이 여느 북유럽 국가들과는 확연히 다른 스페인의 색깔을 만들고 있는 것이다.

배움 26   행복은 가족과 함께 하는 따뜻한 저녁식사에 있다.

■ 1—8

행복추구권은 우리의 소중한 기본권이다.

진짜 삶을 얻기 위한 투쟁의 가치, 행복.

행복하기 위해서는 때로는 변화와 반항이 필요하다.

나는 그냥 최대한 삶에 만족하기 위해 노력할 뿐이야.

행복은 자기의 단점보다는 장점에 집중하는 것.

행복은 빈곤 속에서도 희망의 불꽃을 피우는 일이다.

행복은 진짜 사랑을 하는 거야.

행복해지기 위해 진정 필요한 건 용기라고 생각해요.

나의 행복 보장 받으려면
남의 행복도 보장해야지

누구나 한 번쯤 꿈꾸는 도시 뉴욕.
자유의 여신상, 엠파이어스테이트 빌딩,
맨해튼 도심 속의 센트럴파크 등 영화와
드라마 속에서 익숙해진 명소들이 반갑다.
뉴욕을 여행하는 동안 좀 더 큰 서울,
발전된(자본주의적) 서울을 여행하는
기분에 사로잡혔다. 실제로 서울은
뉴욕을 많이도 닮아 있다.

미국 뉴욕

■ 1

거리를 걸으면 인종만큼 다양한 향기와 다양한 종교에 따른 옷차림으로 물든 총천연색 도시를 만나게 된다. 아쉬운 점은 사람들의 표정이 무표정하다는 것이다. 뉴욕은 세계 경제·금융의 중심, 첨단기술과 각종 문화와 예술의 중심 도시지만 미국에서도 가장 행복지수가 낮은 도시다.

지난 20세기 동안 우리 역사는 민주주의와 시장경제 즉 잘 먹고 잘 살자는 물질적인 욕망과 인정받기 위한 정신적 욕망 두 가지를 충족해가며 발전해 왔는지도 모른다. 그 동안 경제성장을 통해 국내총생산이 높아지면 곧 생활수준이 나아졌다고 여겼지만 이제는 그렇게 간단한 문제가 아님을 우리 모두가 잘 안다. 고도의 경제성장을 이룬 미국 같은 나라의 국민이라 해도 50년 전보다 더 행복하거나 만족스럽게 여기지 않기 때문이다. 지난 50년간 미국의 평균 가계소득은 약 2배 증가했으나 행복하다고 답한 사람은 1957년에 53%인 반면 2000년에는 47%라고 한다. 경제지수가 상향곡선을 그리는 동안 행복지수는 하향곡선을 그리고 있었던 것이다.

○　　　**한국과 일본의 행복지수가 시사하는 것**

여행을 떠나기 전 세계행복보고서를 보고 특이하다고 느꼈던 국가는
한국과 일본이었다. 세계행복보고서는 행복도를 설명하는 요인 6개
를 도출해 영향력을 제시하고 있는데 1인당 GDP, 사회적 지지, 출생
시 건강기대수명, 자유로운 삶의 선택, 관대성, 부패인식이다. 유엔은
지난해 3월 세계 157개 나라의 행복 점수를 집계한 2016 행복리포트
를 발간했고 일본은 GDP 3위, 행복지수 53위, 한국은 GDP 11위, 행복
지수 58위에 올랐다. 일본과 한국은 다른 나라들과 다르게 높은 경제
수준 대비 행복도가 낮은 것을 알 수 있다.

이는 경제수준만으로 행복을 예측하기는 어렵다는 것을 말해준
다. 자본주의가 발달한 나라일수록 항우울제 복용률이 증가하고 새로
운 활력을 찾기 위해 술, 카페인, 신용카드 등을 사용하게 된다.

노르웨이의 한 학자에 의하면 중독이란 게 결국 외로움에서 온다
고 한다. 그래서 점점 개인주의화되면서 인간관계보다 좀 더 빠르게
충족될 수 있는 것들에 더 집중하게 된다고 말한다.

지금 우리는 물질적으로 풍요로워졌지만 갖고 싶은 것은 더 많아
졌다. 양적 발전에만 집중해 경쟁에서 살아남아야 한다는 생각은 내
가 어떤 사람인지, 내가 뭘 좋아하는지 그리고 다른 사람의 행복에 대
한 생각을 하지 못하게 한다. 조금이라도 더 갖기 위해 서로 경쟁한다.
욕망을 충족시키는 삶이 성공의 표본이고 성실하게 일하고 주위 사람
을 배려하면 세상물정 모른다고 무시한다.

1

■ ○　개인의 행복이 아닌 공동의 행복을 추구하는 사람들

여러 나라를 여행하다 보니 행복한 나라들에는 공통점이 있었다는 것을 몸으로 느낄 수 있었다. 그들은 대체로 믿을만한 정부를 가졌으며 자유와 평등이 실현되고 타인에 대한 신뢰 그리고 다양한 재능과 관심에 대한 존중이 가득했다. 아직까지 '우리'라는 연대의식을 가지고 있었으며 권력이나 지위 같은 삶의 외형보다 자신에게 중요한 일상의 즐거움과 의미에 더 큰 비중을 두고 있었다.

개인이 행복하고 사회 조건이 개선될 때 우리는 온전하게 행복할 수 있다. 그들에게 배운 건 그 시작은 나여야 한다는 것, 그리고 가족, 친구, 회사, 사회로 확대되어야 한다는 것이다. 나의 행복이 보장받으려면 남의 행복도 보장해주어야 한다는 것, 그래야 우리의 행복이 유지될 수 있다는 것을 말이다. 행복한 나라들이 추구하는 건 개인의 행복이 아닌 공동의 행복이다.

부탄의 5대 국왕 지그메 케사르는 왕권을 내려놓고, 행복 정책을 헌법으로 명시했다. 지금 우리에게 필요한 건 정부의 의지가 아닐까? 정부의 의지는 사람들의 요구로 만들어진다. 헌법 제10조의 행복추구권, 우리는 익숙한 삶에 그대로 머물 수도 있고 아니면 지금의 삶이 더 고착되기 전에 변화를 택할 수도 있다. 우리가 더욱 만족스러운 인생을 이끌어야 한다면 지금이 새로운 것을 향해 출발할 시점은 아닐까?

배움 27 행복추구권은 우리의 소중한 기본권이다.

진짜 삶을 얻기 위한
투쟁의 가치

올드카가 짙은 매연을 내뿜으며 달린다.
쿠바의 건물은 누렇고 올드카는 짙은 매연을
뿜고 있으나 이들을 품은 울창한 나무와
하늘은 유난히 파랗고 선명하다. 올드카로
가득한 거리 모습은 공산혁명 이후 미국의
경제봉쇄로 신차의 유입이 힘들게 되자
자동차를 계속 고쳐가며 사용하게 되면서
만들어진 풍경이다.

쿠바 1

■ 2

1950년대 미국이 쿠바를 지배할 당시 아바나는 미국의 부호들이 즐기던 환락도시였다고 한다. 올드카와 마찬가지로 이중 화폐제도도 이 당시 미국인들이 아바나에 와서 달러를 사용하면서 만들어진 것이다. 올드카가 골목을 비집고 돌아다니고, 강렬한 색채의 건물과 거리 예술가의 그림을 만날 수 있는 곳, 우리가 상상하는 바로 그 쿠바의 모습이다.

체 게바라, 모히토, 시가, 부에나 비스타 소셜 클럽, 말레꼰 그리고 혁명 등 이 많은 단어들이 쿠바를 설명하는 것이라면, 여행이 끝난 후 이중 어떤 단어가 내 가슴에 남아 있을까?

낡은 건물로 둘러싸인 도시 아바나에선 공산주의 혁명이 이룬 위대한 업적이 빛을 발한다. 의사부터 청소부까지 모두가 같은 월급을 받는 이 국가의 청년들은 이제 아메리칸 드림을 꿈꾼다.

　도시의 골목들을 누비다 보니 어느새 쿠바음악이 귀에 걸리고 여행객들로 장사진을 이룬 곳에 닿았다. 지나가는 여행객에게 물어보니 헤밍웨이가 가장 좋아했던 바라고 한다. 바텐더는 연신 모히토를 만드느라 정신이 없다. 쿠바에 28년 살았다는 대문호 헤밍웨이, 국교단절로 쿠바에서 추방당한 후 얼마 되지 않아 자살로 생을 마감했다고 한다. 그의 마음을 그토록 쿠바로 이끈 것은 무엇일까?

　산타클라라는 혁명의 불꽃이 잠든 곳이다. 우리가 잘 아는 체 게바라는 독재정권에 맞서 쿠바 해방운동에 동참한 인물이다. 아르헨티나 부에노스아이레스 중산층 출신인 그는 의사를 꿈꾸는 평범한 청년이었다. 영화 '모터싸이클 다이어리' 속에서 그는 친구와의 오토바이 남미일주를 통해 남아메리카의 비참한 현실과 정체성을 깨달은 후 혁명의 길에 들어섰다. 그를 뜨겁게 달구어 끊임없이 움직이게 만든 건 모든 인간이 자유와 평등을 누리며 하나 되는 세상의 꿈이었을까? 넓은 광장 속 뜨거운 태양 아래 체 게바라는 단호한 모습으로 굳건하게 쿠바의 작은 도시 산타클라라를 지키고 있다.

산티아고 데 쿠바는 아바나의 영원한 라이벌 도시다. 태풍이 와서 비행기와 버스가 모두 운행을 하지 않자 묘한 경쟁관계에 있는 아바나 사람들은 산티아고에 가지 말라고 한다. 그럼에도 불편을 감수하고 찾은 이유는 이곳이 혁명의 에너지가 태동한 쿠바음악의 고향이기 때문이다.

비아솔(시외버스) 정류장에서 "산티아고! 산티아고!"를 외쳐대는 나를 발견한 마누엘이 마침 산티아고 데 쿠바에 친척들이 있어 안부차 갈 예정이라고 해서 그의 집에서 식사까지 대접받고 가족과 함께 산티아고 데 쿠바로 향했다.

즐거운 여행 끝에 도착한 산티아고 데 쿠바에는 무언가 설명하기 어려운 강렬한 에너지가 떠돌고 있었다. 영화 '부에나 비스타 소셜 클럽' 속 주인공들은 인생의 황혼기에 다시 한 번 전성기를 맞을 수 있다는 것을 보여주었다.

공연이 펼쳐지는 한 카사 데 라 트로바 옆 작은 바에 걸린 오초아와 콤파이 세군도를 보니 어쩐지 외가에 온 것 같은 반가운 마음이 들었다. 미국과의 관계가 좋지 않았던 1998년 7월 1일, 뉴욕 카네기홀의 공연을 가능하게 했던 건 그들의 음악에 대한 순수한 열정이 아니었을까?

쿠바는 모든 계층에 평등한 교육, 의료 혜택이라는 의미 있는 성공을 거두었다. 다만 구소련의 붕괴와 동구권의 변혁 이후 어려움을 겪었

으며 이제 중국식 개혁모델을 점진적으로 도입해 현재 극심한 경제난
을 극복하고자 노력하고 있다.

　　내가 만난 쿠바는 진짜 삶을 살아가기 위한, 그리고 지나간 과거
를 돌아볼 수 있는 오아시스 같은 곳이었다.

행복 위해 때론
변화와 반항이 필요하다

어느 날 여행객이 없는 한산한 거리를
거닐고 있었다. 다리가 불편한 노인이 길을
걷는데 한 청년이 아주 당연하다는 듯 와서
부축했고, 누군가 짐이 많아 보이면 금세
누군가 다가와 함께 들어준다. 서로서로
챙겨주고 서로 배려하는 자세가 쿠바인들의
몸에 배어 있다.

쿠바 2

리카도는 쿠바 사람들이 1990년대 초반에 함께 힘든 시절을 버텨왔다는 공감대가 있어 남을 이해하는 마음이 크다고 한다. 하지만 사람들의 표정이 마냥 좋지만은 않다. 눈이 마주치면 온화한 표정을 짓고, 아이들 얼굴에는 밝은 웃음이 살아 있지만 조금은 풀이 죽어 있는 듯하다.

버스는 부족해서 항상 만원이지만 택시는 요금이 비싸 관광객용일 뿐이다. 좋은 호텔과 값비싼 레스토랑 역시 관광객들이나 갈 수 있는 곳이다. 물질 못지않게 정신적 요소가 중요하다는 걸 잘 아는 그들이지만 숱하게 오고 가는 관광객들과 미디어가 이들을 변화시킨 것일까? 혹시 혁명의 수명이 다해버린 건 아닐까?

낡아버린 이곳을 어느새 관광객들이 점령해 버렸고 어디에 돈이 있는지 아는 젊은 친구들은 이미 관광객들을 상대로 영업을 하고 있다. 관광객들을 주로 상대하는 쿠바인들의 눈빛은 이미 변했다. 그러나 관광객들의 스팟을 조금만 벗어나 골목을 비집고 들어가 진짜 쿠바인들을 만나면 그들에게선 사심 없는 눈빛과 넉넉한 인심 등 우리가 잃어버린 시간을 만날 수 있다.

어느 날, 길에서 재활용품을 줍는 할머니를 만났다. 1쿱(내국인용 쿠바페소)짜리 커피를 마시는 나를 흐뭇하게 바라보며 반갑게 인사하는 할머니를 보고 있으니 어릴 적 할머니가 생각나 눈시울이 붉어지고 가만히 손을 잡고 싶어진다.

쿠바인들은 아바나 골목 어디서든 길을 걸으면 "올라! 아미고!"라고 외치며 이방인을 따뜻하게 반긴다. 아바나에 도착한 첫날 어리둥절해서 서 있는 내게 자연스럽게 하이파이브를 하는 루이스를 만났다. 루이스는 아바나의 시가공장에서 일을 한단다.

루이스는 자기가 아는 유명한 사람이 있다며 나를 데리고 갔다. 베를린국제영화제 경쟁부문 영화 '토미'의 주인공인 토미의 집이자 영화의 배경이었던 토미의 응접실. 그곳에서 토미를 만났다. 이제는 퇴임한 쿠바국립발레단의 유명한 발레댄서다. 한국에서 왔다고 하니 편찮은 몸인데도 불구하고 반갑게 맞아준다.

영화 속 그는 "사랑은 더 이상 존재하지 않고 나는 아무도 믿지 않는다"고 말했다. 무엇이 그를 스스로 고립시킨 것일까? 잠시 생각에 잠긴 사이 비가 내리기 시작한다. 루이스가 어느샌가 후다닥 뛰어가 우산을 가져다준다.

루이스는 한때 일자리를 잃어서 힘든 시기를 겪었다고 한다. 루이스의 입을 통해 듣는 쿠바 이야기는 그 자신의 역사이기도 했다. 쿠바는 1961년 미국과의 국교단절 이후 미국의 경제봉쇄 조치와 다른 중남미 국가와의 국교단절로 큰 어려움을 겪었다고 한다. 많은 사람

203

들이 일자리를 잃고 굶어 죽을까봐 걱정했지만 고단한 삶은 어쨌거나 그들을 여기까지 데리고 왔다. 고단한 삶 속에서 지켜낸 온정이 외로운 이방인을 따뜻하게 감싼다.

아바나 거리를 걷는 중 아바나 의대에 재학 중이라는 욘을 만났다. 내가 한국에서 왔다고 하니 "한국은 야구가 최고지!"라고 하며 엄지를 치켜세운다. 그가 말하는 쿠바의 현재는 무엇일까?

"그래도 우리 쿠바인들은 감사해. 이렇게라도 살고 있으니. 우리가 어려웠던 시절 서로 간에 빼앗으려 했다면 쿠바는 오래 전에 사라졌을 거야. 우리는 어려서부터 저항하는 걸 배웠어. 지금 쿠바는 또 다른 저항, 변화를 시도하고 있는 거야. 자유시장, 지방분권화 등 모두 잘 될 거라고 생각해. 나는 내 조국이 자랑스러워."

숙박업을 하는 다니엘도 조국에 대한 믿음과 자부심을 드러내는 데 주저함이 없었다.

"나는 변화를 믿어. 정부에서 8~12시간을 일하고 받는 월급이 20~25쿡(외국인용 쿠바페소) 정도 되거든. 그래서 나는 대학에서 학위를 받았지만 관광객들 상대로 하는 숙박업계에서 일해. 수입이 더 많거든. 제1차 혁명 당시 쿠바는 굉장히 좋았어. 그런데 소련이 붕괴되면서 미국이 모든 걸 봉쇄했지. 정말 큰 위기였지. 그리고 그 후 50년 동안 달라진 건 거의 없어."

다니엘은 변화를 꿈꾼다고 했다. 어느 나라든지 어차피 어른들은 변화를 원치 않지만 젊은 사람들의 생각은 다른 것처럼 쿠바의 젊은이들은 변화에 대한 갈망이 크다고 한다.

"쿠바에는 돈 있는 사람이 많지 않아. 하지만 그들이 우리랑 다

205

르게 사는 걸 보면서 사람들은 상대적 박탈감을 느끼지. 나 역시 부자를 원한다기보다 좀 더 많은 물질적인 것들, 즉 선택의 다양성을 원하는 거지. 인간이 기본적으로 살아가기 위해 조금 더 필요한 그러한 것들 말이야."

소도시 산타클라라에서 만난 의사 루드가 갖고 있는 변화에 대한 생각은 조금 달랐다.

"여기는 아바나랑은 또 달라. 쿠바가 요즘 변화의 과도기에 있긴 하지만 나는 잘 모르겠어. 도시와 달리 시골에서는 농사를 지으며 자연 속에서 평안히 잠들 수 있거든. 여기 사람들은 땅을 일구고 남의 것을 탐내지 않으면서 만족하며 살아가고 있어."

루드의 말에 의하면 우리나라의 1970~80년대처럼 농촌에서 도시로 많은 사람이 몰려들고 있는 것도 사회적 고민이라고 한다. 지금껏 행복을 지탱하는 중요한 요소인 공동체간 유대감이 약해질까 우려하고 있는 것이다.

○   삶에 대한 열정이 승리의 깃발로 나부끼기를

쿠바 사람들에게는 순박하다는 말로는 부족한 뭔가 다른 매력이 있다. 삶에 대한 긍정적 태도와 순수한 열정을 가진 사람들이다. 산티아고 데 쿠바에서 여행사 직원으로 일하는 리카도는 쿠바 사람들이 행복한 이유로 사람과 자연 그리고 음악을 들었다. 그는 무엇보다 쿠바 사람들의 영혼에 스며 있는 음악에 대해 길게 이야기했다. 쿠바가 인근 국가와 비교했을 때 분명하게 다른 점은 바로 그런 남다른 정서라는 것이다.

물론 그들도 불만은 있었다. 주로 정부에 대한 불만이었다. 그들도 인간이기 때문에 더 잘 살고 싶고 오래도록 건강하게 살고 싶은 마음은 우리와 같으니 계속되는 물질적 결핍이 그들의 삶을 불편하게 만들고 있을 것이다.

리카도와는 쿠바 현제도의 문제점에 대해 날카롭게 꼬집었다.

"시스템이 변화해야 해. 배급카드가 있어. 오래 전부터 있던 건데 이걸로 우리는 매일매일 배급을 받지. 몇 십 년 동안 매일매일 빵 하나 받으러 배급소에 간다는 게 너무도 웃기지. 우리는 프리마켓을 원해. 낡은 제도가 바뀌어야 한다는 것이 시대적 요구야. 내가 한 달에 30쿡 정도 버는데 전기세와 집세로 약 20쿡을 지불하고 있어. 먹고 살기 힘들 수밖에 없지. 사회주의는 현재 너무도 작은 사회야. 카스트로 정부는 너무 올드한 정부였어. 현 정부도 마찬가지고. 우리의 공동체를 지켜나가기 위해서는 어느 정도 변화와 성장이 필요하다는 것이 내 생

207

3

각이야. 정부의 강력한 의지가 필요한 때야."

쿠바 여행이 끝나갈 즈음, 빠르게 변화하는 세상에서 그들이 지키기 위해 선택한 것들 그리고 앞으로 살아갈 날들을 위해 변화를 갈망하는 소망들이 보이기 시작했다. 혁명이 끝난 지도 어느덧 40여 년, 그들의 혁명은 잘 분배된 가난만이 아니라 더불어 잘살 수도 있다는 희망의 메시지를 전하고 있다.

체 게바라의 말을 빌리면, 우리가 바라보고 목격하는 건 쿠바가 변하는 모습이 아닌 어쩌면 우리 자신이 변화하는 모습이 아니었을까? 변화는 시작되었다. 그들이 행복을 계속 지켜나갈 수 있기를 기원하며 비행기에 오른다. 또 다른 쿠바, 영원한 승리의 그날까지!!

배움 28   행복하기 위해서는 때로는 변화와
             반항이 필요하다.

자신이 사회에
유익한 존재라는 자부심

멕시코시티에 도착하자마자 엄청난 허기가
몰려왔다. 광장 근처에 늘어선 좌판에서
옥수수를 하나 집어 들었다. 생전 처음
보는 엄청난 크기에 입이 떡 벌어진다.
이 야생옥수수는 기원전 2000년경에
오악사카 지방에서 재배를 시작했다고
하는데, 과거나 현재나 멕시코인들에게
중요한 식량 역할을 하고 있다.

멕시코

■ 4

'신들이 계신 곳' 테오티우아칸을 찾았다. 멕시코에서 가장 오래된 고대 유적지 중 하나로 죽은 자의 거리를 따라 세워져 있는 태양의 피라미드와 달의 피라미드를 볼 수 있는 곳이다. 테오티우아칸은 상상했던 것보다 규모가 컸다. 가이드에 따르면 이제 겨우 10분의 1 정도만 발굴을 마친 것이라 한다. 달의 피라미드 정상에 올라서니 거대한 유적지가 한눈에 들어와 그 규모를 짐작케 한다.

멕시코에는 '죽음의 날'이 있다. 페루에서 만난 멕시코인 라울에게 들으니 이 날에는 초콜릿 등으로 해골모형을 만들어서 제단에 올리고는 죽은 가족이나 친구를 기리며 명복을 빈다고 한다.

그들은 왜 그렇게 죽음을 가까이 두고 사는 것일까. 라울의 해석은 명쾌하면서도 철학적 깊이가 있다.

"멕시코인들에게 삶과 죽음은 결국 하나야. 죽음을 예상하
며 살아야 현재에 충실할 수 있지."

삶과 죽음을 같은 것으로 보며 선과 악도 하나라는 멕시코인들의 철학은 인생을 즐기며 살게 하는 긍정적인 면이 있는가 하면 목숨을 가볍게 여기는 요인이 되어 문제가 되기도 한다. OECD 회원국이지만 여전히 가난과 폭력, 부패 같은 심각한 문제에 시달린다. 그런데 또, 그럼에도 불구하고 대다수의 국민이 행복을 느낀다는 양면성의 나라가 멕시코다.

늦은 저녁, 광장을 지키고 있는 멕시코 경찰 아이반을 만났다. 멕시코의 행복순위가(21위) GDP 대비 높은 이유가 뭔지 물었다. 범죄율도 높고, 소득불균형도 높고, 연노동시간은 세계 1위인데도 그들이 행복한 이유는 무엇일까.

아이반은 그것을 한마디로 기질이라고 얘기한다. 친구들과 어울

려 즐기고 유쾌한 농담을 주고받으며 하루하루를 보내는 것, 바로 그게 멕시코 사람의 본성이라는 이야기다.

"멕시코는 불평등이 심각하고 가난하지만 사람들은 대체로 행복해. 우리에게 삶은 고통이지만 그렇기에 매순간을 조금 더 의미 있고 행복하게 보낼 수 있는 거지. 따뜻한 인간관계와 가족애에서 삶의 의미를 찾는 것일 수도 있어. 우리는 아무리 힘들어도 가족, 친구들과 웃고 넘기거든."

멕시코는 OECD 회원국 중 노동시간이 가장 긴 반면 연간 실질임금은 가장 낮다. 그럼에도 불구하고 아이반은 일에서 행복을 느낀다고 말한다.

"나는 내가 하는 일에 자부심을 느끼고 사회에 유익한 존재임을 깨달았을 때부터 행복했던 것 같아. 내게 있어 운명이니 신이니 하는 건 중요하지 않아. 어디서 태어났는지도 큰 의미는 없지. 나는 그냥 최대한 삶에 만족하기 위해 노력할 뿐이야."

학자들은 행복의 50%가 유전적 요인에서 온다고 한다. 삶을 대하는 그들의 가벼운 태도, 행복해지고 싶으면 행복해진다는 얘기는 자신의 인생에 만족하는 사람이 그렇지 않은 사람보다 더 행복하다는 얘기로 들린다.

215

멕시코인들에 대해 더 알고 싶으면 루차리브레(멕시코식 레슬링)를 보라는 아이반의 말에 루차리브레 시합장을 찾았다. 경기장에 들어서니 웅성대는 사람들 사이로 선수들이 갖가지 퍼포먼스를 펼치며 입장을 한다. 경기가 시작되자 관객들이 경기장이 떠나가도록 소리를 지른다. 루차리브레는 멕시코가 사랑하는 국민 스포츠다. 루차도르(루차리브레 선수)는 가면을 쓰고 경기에 임하는데, 이들 대부분 경기장 밖에서는 각자 다른 일을 하면서 살아간다고 한다.

멕시코인들에게 루차도르는 그저 레슬링을 하는 사람이 아닌 가난하고 힘든 삶에 힘과 희망을 주는 열정 그 자체라고 한다. 루차도르를 응원하는 관객들은 하나같이 행복한 표정이다. 멕시코인들은 힘이 들 때, 희망이 보이지 않을 때 루차도르에게서 희망과 꿈을 찾는 것일지도 모른다는 생각이 든다.

문득 영화 '반칙왕' 속 대사가 스쳐 지나간다.

"세상에 규칙 다 지키며 사는 놈이 어딨냐, 모두 다 반칙이지."

어른들은 아무리 애써도 세상은 바뀌지 않는다고 말한다. 과연 우리 모두 반칙왕이 되어야만 살아남을 수 있는 세상인 걸까?

미국의 경제학자 헨리 조지는 부패한 민주 정부에서는 최악의 인물에게 권력이 돌아간다고 말했다. 원칙과 상식이 통하지 않는 사회, 그 안에서 우리는 어떤 희망 그리고 꿈을 가져야 할까?

러시아 시인 니콜라이 네크라소프는 '슬픔도 노여움도 없이 사는 자는 조국을 사랑하고 있지 않다'라고 말했다. 우리도 잃어버린 명예를 되찾아야 할 때가 된 것은 아닐까. 어수선한 시국, 마음이 저 혼자 한국으로 달리고 있다.

행복이란
시간을 공유하는 것

고대 잉카 제국의 수도였던 쿠스코는
그 이름처럼 세계의 배꼽이자 우주의
중심이었던 곳이다. 신대륙 발견 이후
스페인과 포르투갈의 식민 통치로 인해 남미
원주민의 문화는 대부분 파괴되었고 이곳
페루 쿠스코에도 새로운 문화가 형성되었다.

페루

■ 5

해발 4,000m가 넘는 고산지대, 포석을 깔아 만든 골목은 사람과 구름이 같이 쓰는 길이다. 하늘과 닿아 있는 땅처럼, 아이들의 표정도 하늘의 그것과 닮았다.

쿠스코에는 높은 건물이 없다. 지진지대라서 3층 높이 이상 짓지 않는 다고 한다. 아르마스 광장의 루미요크 거리는 석벽으로 둘러싸여 있 다. 틈새에 종이 한 장 끼울 수 없이 정교한 잉카의 석조 건축, 12각의 돌을 볼 수 있는 곳이다. 현지인이 친절하게 하나하나 각을 세어주는 데 진짜 12각이다. 이 돌뿐 아니라 잉카인들이 만든 석조건물의 정교 함은 단연 뛰어나다.

기원전 4만년 경 베링해를 건너 아메리카에 이주한 원주민들은 안데스 지역에 다양한 문화를 발전시키며 살았다. 특히 안데스 산지를 끼고 있는 고산지대 페루의 코스코를 중심으로 잉카 문명이 발달했다.

피삭에 도착하니 마을 사이의 경사지를 따라 띠를 이룬 농지가 보인다. 그 당시 안데스 산지에서 농사를 짓기 위해서는 계단식 밭과 농수로를 만드는 것이 필수적이었다고 한다. 잉카인들의 숨결 때문일 까, 농로 하나도 예사롭지 않다.

오얀타이탐보는 마추픽추로 가는 기차를 타기 위해 거쳐 가는 도시 로, 잉카의 성스러운 계곡을 다스리기 위해 두 개의 산 정상에 형성되 어 있다. 마추픽추 가는 사람들로 북적이는 이 도시는 거대한 돌담으 로 이루어진 성벽으로 요새라 불리게 되었으며 군사, 종교, 행정 등의 복합 도시였다고 한다.

마침내 도착한 마추픽추. 해발 2,430m에 자리한 마추픽추는 마 냥 아름답고 신비로웠다. 황금을 찾는 이들에게 쫓겨 숨어든 잉카인들이 비밀도시를 건설하고 부활을 꿈꾸었다는 이곳, 원주민들에게는 언제까지나 마음의 고향으로 간직되는 곳이기도 하다. 옷도 리마 사람들은 현대식 복장을 하는 반면 쿠스코 사람들은 전통의상을 주로 입는다. 쿠스코에 가면 불현듯 시간을 거슬러 과거의 길을 걷고 있는 듯한 착각이 드는 것이 그 때문이다.

잉카제국의 후예, 남아메리카에서 세 번째로 큰 나라, 그곳에 살고 있는 사람들에게 행복은 무엇일까? 눈을 마주치자마자 밝게 웃으며 마추픽추에 가는 방법을 알려준 산안토니노는 마추픽추와 가까운 마을인 아구아스 칼리엔테스에서 태어났다고 한다. 그에게 행복은 자연이라고 했다.

"나는 살아 있는 것과 삶 자체에 행복을 느껴. 이곳은 차도 별로 없고 산과 계곡으로 둘러싸여 있어서 정말 좋아. 일과를 마친 후 고요한 자연 속에서 조용히 앉아 있다 보면 그냥 마음이 충만해져. 나는 자연과 함께 하는 삶이 곧 행복한 삶이라 생각해."

내가 눈을 동그랗게 뜨고 고개를 갸웃거리자 그가 설명을 덧붙였다.

"자연을 주의 깊게 관찰하면 많은 것을 볼 수 있어. 새가 지저귀는 소리를 조금 더 귀 기울여 듣고 내 주변을 둘러싼 꽃과 나무, 강물과 그 위의 구름을 오랫동안 지켜봐. 저쪽 강에서 내려오는 물소리가 들리지? 가만히 들어보면 거기에도 리듬이 있지. 더 귀를 기울여봐. 그리고 공기 속을 흘러다니고 있는 향기를 맡아봐. 그럼 그 자체만으로 순수한 행복이 찾아오지."

배움 29   행복은 자연과 함께 하는 것이다.

5

티파니는 페루 전통무용수인데 한국에서도 2년간 일한 적이 있다고 한다. 그는 우리 누구나 갖고 있는 고민을 슬기롭게 극복하고 행복을 찾아낸 멋진 여성이었다.

"나는 불안한 미래에 대해 걱정하느라 불행하던 때가 있었어. 내가 단점 투성이라고 생각했거든. 내가 하고 싶은 일이 무엇인지도 잘 모르겠고, 내 성격이나 외모도 불만이었지. 그러다 어느 날 문득, 내가 가진 장점만 바라보기로 마음을 고쳐먹었어. 그때부터는 자신감도 새로 얻게 되고 점점 행복해지는 나를 발견할 수 있었지. 나의 행복비결은 장점에 집중하는 거야. 세상 모든 사람이 다 완벽할 수는 없잖아. 완벽하지 않은 나 자신을 받아들이고 내가 가진 장점에 집중하다 보니 삶이 점점 행복해지더라고."

배움 30 　　　　행복은 자기의 단점보다는 장점에
　　　　　　　　집중하는 것이다.

쿠스코에 있는 대학에서 간호학을 전공하고 있다는 텡고를 만났다. 텡고는 유럽여행을 떠날 계획으로 아르바이트를 하고 있었다. 그는 간호실습을 나가보면 아픈 사람들 대부분이 가족, 친구들과 같이 시간

을 보내지 못한 것에 대해 후회한다며 사랑하는 사람들과 함께 보내는 시간의 중요성을 강조했다.

"행복이란 시간을 공유하는 것이라고 생각해. 그래서 시간을 소중하게 생각하고 행복을 주는 것들과 더 많은 시간을 보내면 행복해지는 것 같아. 요즘에는 다들 너무 바빠서 시간이 없잖아. 그러다 보니 매순간 진정한 관계를 맺지 못하고 그냥 피상적으로 스쳐 지나는 경우가 많은 것 같아. 그래서 나는 매순간 만나는 사람들에게 사심 없이 집중하려 해. 그 시간은 되돌릴 수 없잖아. 무언가 얻기 위한 인위적인 만남은 결국 되돌릴 수 없는 시간, 즉 인생을 낭비하게 하는 거니까 말이야."

배움 31   행복은 시간의 우선순위를 새로 정하는 것이다.

페루를 떠나기 전 마지막 날 페루 친구들과 함께 저녁식사를 했다. 어느덧 헤어질 시간이 되자 다들 '함께해줘서 고맙다'고 인사를 한다. 낯선 외국인과의 짧은 만남에도 진지하고 상대를 끝까지 배려하는 친구들이다. 그들을 떠나오는 길, 텡고가 해준 마지막 말이 생각났다. 우리는 오늘 처음 만났지만 함께한 그 시간은 영원할지도 모른다.

빈곤 속에서 찾는
희망의 불꽃

세계 최대의 소금사막인 우유니 사막은 가장
가보고 싶은 곳 중 하나였다. 우유니 마을에
도착하기가 무섭게 짐을 방에 던져놓고
우유니 사막을 보러 나갔다. 덜컹거리는
지프를 타고 가서 내리는데, 발 아래 또
하나의 낯선 내가 나를 바라보고 있다.
우유니 사막과의 첫 만남이었다.

볼리비아

우유니 사막에 도착하면 누가 시키지 않아도 하나같이 점프샷을 찍는다. 동행도 좋고 생전부지의 낯선 사람도 좋다. 너나할 것 없이 행복에 겨운 얼굴로 아이처럼 점프를 한다. 그렇게 거울처럼 빛나는 소금사막을 걷다보면 어느덧 총천연색으로 변해 있는 하늘과 만나게 된다. 그리고는 이내 별이 반짝이기 시작한다.

우유니에서 지프를 타고 칠레 아타카마 사막으로 넘어간다. 그 길을 따라가면 우유니 소금사막뿐 아니라 고원, 거대한 호수, 빙하의 흔적, 화산까지 만날 수 있다. 볼리비아는 이처럼 우유니 사막뿐 아니라 6,000미터급 설산, 아마존 밀림 등 관광자원이 엄청나다. 하지만 아직은 남미에서 가장 가난한 나라다.

볼리비아 가톨릭대학교에서 심리학을 공부하고 이제 막 졸업했다는 하비에르는 취업난 때문에 고민하고 있었다.

"라파스에서 취업하려고 하는데 인구도 많고 경쟁이 심해서 너무 어려워. 나는 심리학과를 졸업했지만 전공을 살릴 직업을 찾기란 하늘의 별 따기지. 그래서 여행업으로 진로를 바꿀까 심각하게 고민 중이야. 다행히 다양한 사람들을 만나는 게 내 적성에 맞는 것 같기도 하고 말이야."

시청 부근에 들어서자 많은 사람들이 둘러앉아 시위 중이다. 하비에르에게 들으니 라파스는 통상 일주일에 세 번 이상 시청 앞에서 시위가 이루어지고 있단다. 그날은 중소상인들에 대해 세금을 자꾸 인상하는 것 때문에 시위를 하고 있었다. 그 외에도 다양한 이슈의 시위가 벌어지곤 하는데, 그중에서도 자원문제로 인한 시위가 많다고 한다. 2003년에도 천연가스 개발 문제로 대통령이 직위에서 물러나야 했다.

골목을 돌아 큰길가에 이르자 스키마스크로 얼굴을 가린 채 거리에서 구두닦이 일을 하는 청년들이 보인다. 그들이 왜 스키마스크를 쓰고 일하는지 궁금해서 물었더니 충격적인 대답이 돌아왔다.

"볼리비아에서 제일 불쌍한 친구들이지. 거리생활을 하다가 약물을 하는 경우가 있는데 그 중에 어떤 약물은 얼굴 변형을 일으킨다고 하더라고. 그래서 스키마스크를 쓰는 걸 거야."

그들 대부분 가족이 없거나 가족의 폭력 때문에 집을 나와 길거리에서 구두닦이를 하며 살고 있는 것이라고 했다. 이들에겐 가난이 평생 벗을 수 없는 굴레가 아닐까 생각하니 가슴이 아릿하다.

볼리비아 정부는 천연가스와 은, 주석 등을 수출하고 있지만 볼리비아 사람들에게는 그 이익이 제대로 돌아가지 않는다. 다국적기업에게 천연가스 광산을 넘기는 등 자원개발과 관련하여 내부적으로도 문제가 많다. 이들 자원은 본래 볼리비아의 것이었지만 더 이상 볼리비아 사람들 것은 아닌 것이다.

빈곤의 끝이 보이지 않는 볼리비아의 현실, 남미의 해방 운동가 볼리바르가 현재의 볼리비아 모습을 본다면 뒤로 넘어갈지도 모를 일이다. 볼리비아 사람들 그리고 우리에게 과연 희망은 무엇일까.

시장에 한쪽에 자리를 잡고 앉아서 식사를 주문했다. 잠시 따사로운

햇살에 몸을 맡기고 사람들을 둘러본다. 학교에서 그려온 그림을 내보이며 미소를 짓는 아이. 엄마와 시장 사람들의 칭찬에 미소가 커진다. 그림 잘 그린다고 칭찬했더니 나를 그려주겠단다. 나도 아이 얼굴을 그려본다. 시장 사람들은 무슨 구경거리를 만났는지 기웃대더니 나의 형편없는 그림 솜씨에 피식피식 웃고 돌아들 간다. 나를 바라보는 아이의 똘망똘망한 눈이 사뭇 진지하다. 미동도 하지 않는다. 그러다 일어서려니 아이의 눈에 어느새 눈물이 고인다.

훗날 저 아이는 나를 기억할까. 기억 속의 이방인은 어떤 의미로 남게 될까. 볼리비아가 가진 또 다른 자원인 저 아이들만은 볼리비아 사람들의 소중한 자원으로 남기를, 조국의 서글픈 오늘을 되새기는 희망의 불꽃이 되기를⋯⋯.

행복을 원한다면
진짜 사랑을 해봐

아르헨티나와의 만남은 이구아수폭포에서
시작되었다. 헬기를 타고 폭포 주변을
도는데 세상을 통째로 삼켜버릴 것 같은
압도적인 위용에 입이 떡 벌어졌다.
그 여운이 생각보다 길어서 돌아올 때까지
멍한 느낌이 계속되었다.

아르헨티나 부에노스아이레스

■ 7

시내에 있는 숙소를 찾아 가는데 어디선가 들려오는 북소리가 심장을 때린다. 북소리에 심장박동을 맞추며 광장에 들어서자 사방에서 시위 행렬이 몰려든다. 지나가는 사람을 붙들고 물어보니 연금개혁과 관련된 시위란다. 아르헨티나는 노동자들의 저항이 끊이지 않는 곳이다. 길에서 만난 폴로는 결의에 찬 목소리로 이야기한다. "개혁을 위해 싸우는 거야. 정상적인 연금제도를 위해 권리를 주장하는 중이야."

시위대에 섞여 잠깐 걸었더니 어느새 낯선 곳이다. 나는 그렇게 부에노스아이레스에서 길을 잃었다. 가족의 행복을 위해 투쟁하는 사람들 틈에서……

○   **탱고, 마치 이 세상 마지막인 것처럼**

탱고를 빼고 부에노스아이레스를 말할 수 있을까. 그들에게 탱고는 춤이자 시이며, 삶 자체다. 거리 곳곳에서 탱고를 볼 수 있을 만큼 생활 가까이에 있다. 이민 온 유럽 출신 부두 노동자들이 고단한 몸과 고향에 대한 향수를 달래기 위해 서로 부둥켜안고 추던 춤이 탱고라 한다. 산 텔모나 라 보카 지역이 탱고의 고향이 된 것도 이민자들이 모여 사는 곳이었기 때문이다. 라 보카에 정착한 이들은 선박에 남아 있던 목재와 페인트를 가져와 거처를 만들었다. 비와 바람을 피할 곳이 필요했기 때문이다. 특히 '작은 길'이라는 뜻을 가진 카미니토 지역은 골목 전체가 강렬한 원색으로 칠해져 있다. 그들에게 삶은 그토록 강렬한 일상이 아니었을까. 마치 탱고처럼 말이다.

토요일 늦은 밤, 모퉁이 술집 한 곳에서 영화 '여인의 향기' 주제곡으로 사용된 카를로스 가르델의 곡이 흘러나온다. 음악을 따라 들어가니 마리오라는 나이든 웨이터가 나와서 맞이한다. "여기서 일한 지 4년, 웨이터 경력 40년, 연애경력 60년"이라며 자신을 소개하는 유쾌한 사람이다. 예전에는 발 디딜 틈 없을 만큼 성황을 이루던 곳인데 지금은 과거의 향수에 젖은 사람들이 모여드는 사랑방 같은 곳이라 했다.

> "일자리가 많지 않은 아르헨티나에서는 웨이터 또한 중요한 직업이야. 젊은이들도 아르바이트가 아닌 정식 직업이란 자부심을 갖고 오랫동안 종사하지."

240

춤이 시작됐다. 모든 것이 마지막인 것처럼 춤을 춘다. 마리오에 따르면 탱고는 이별을 전제로 한 춤이기 때문에 열정적이다. 한 곡이 끝나면 상대가 떠나게 되니 자신의 열정을 다 보여주어야 한다.

춤이 끝나자 그녀가 다가왔다. 내가 행복여행가라는 이야기에 흥미가 생겼나보다.

> "행복은 진짜 사랑을 하는 거야. 무조건적인 그게 바로 사랑이고 행복이지. 행복하길 원한다면 진짜 사랑을 해봐. 필요해서가 아니라 마음 깊은 곳에서부터 진심으로 누군가를 또는 무엇인가를. 사랑하는 순간 네가 주인공이 되고 어떤 신념, 어떤 사실도 너를 꺾을 수 없지. 그게 널 행복하게 만들 거야."

배움 32   진짜 사랑이 행복이다.

그녀의 말은 사랑에 대해 다시 생각해보게 한다. 무엇을 가졌느냐가 중요한 것이 아니라 이미 가진 것에 대한 마음, 지금 곁에 있는 사람을 진심으로 대하는 마음, 그 종이 한 장의 차이가 모든 것을 바꾼다는 이 야기다. 사랑에도 비즈니스가 개입되는 시대에 살다보니 이토록 당연 한 것조차 다시 새겨야 하는 명제가 된다.

드디어 지구 최남단 항구도시 우수아이아다. 실연당한 사람들이 슬픔 을 두고 간다는 곳, 남미대륙의 마지막 등대가 보인다. 여기서 조금만 더 가면 남극이다.

여기, 세상의 끝을 밟고 서면 행복할 줄 알았는데, 문득 슬픔이 몰 려온다. 뭘까, 너무 멀리 왔다는 생각에 문득 집 생각이 난 걸까. 하지 만 그것도 잠시, 등대를 끼고 돌자 다시 육지가 눈앞에 성큼 다가온다. 끝이 아니라 또 다른 세상의 시작이다. 어쩌면 지금 이 순간도 새로운 시작이지 않을까. 나는 다시 새로운 세상으로 걸어 들어간다.

243

행복해지려면
용기가 필요하다

지구상에서 가장 아름다운 자연, 파타고니아.
동서로 아르헨티나와 칠레가 나눠 가진 안데스
산맥 남쪽에 인간이 범접할 수 없는 위대한
자연, 토레스 델 파이네가 자리하고 있다.
수만 년 전 빙하가 휩쓸고 지나가며 만든 산과
호수에서 과나코와 회색여우가 뛰논다. 누군가
내게 천국을 그리라 하면 이 이상을 떠올릴
수 있을까. 아름답다기보다는 묘한 신비감에
전율이 느껴진다.

아르헨티나 파타고니아

아르헨티나 파타고니아는 로스 글라시아레스 국립공원의 관문인 엘 칼라파테에서 시작된다. 여기서 차로 약 2시간 이동하면 트레킹 시작점인 엘 찰텐에 도착한다. 파타고니아의 명산 피츠로이(3,405m)와 세로토레(3,102m) 트레킹 코스 모두 그 시작은 엘 찰텐이다.

초입의 급경사를 지나면 라스부엘타스 강과 주변의 계곡, 폭포를 감상할 수 있다. 두어 시간을 더 오르면 카프리 호수가 모습을 드러낸다. 눈앞에 펼쳐진 웅장한 피츠로이 산군과 빙하를 바라보며 사람들은 말없이 풍경에 젖어든다.

○   **행복은 끊임없이 노력해야 얻을 수 있는 것**

고산지대나 극지방에 가지 않고도 눈부신 빙하를 가까이 만날 수 있다. 로스 글라시아레스 국립공원에 있는 페리토 모레노 빙하다. 남극과 그린란드에 이어 세계에서 세 번째로 큰 빙하인 파타고니아 대륙 빙하에서 떨어져 나온 것이란다. 최근에는 온난화의 영향으로 아르헨티노 호수를 향해 빙하가 무너지고 있는 중이라고 한다. 그 속도가 점점 빨라지고 있다니 마음이 바쁘다. 무언가 해야 하지 않을까. 나는 무엇을 해야 하나, 무엇을 하지 말아야 하나.

어느새 찬바람이 모질게 각을 세운다. 모든 소리가 사라지고 온몸을 휘감는 바람소리만 남았다. 빙하의 모습이 낯설고 쓸쓸하다. 여행객 모두 자기만의 생각에 잠겨 조용히 빙하를 바라보고 있다.

모레노 빙하 앞에서, 항공기 관련 사업을 했다는 브라질 여행객 루이즈를 만났다. 그는 모든 사업을 접고 새로운 영감을 얻고자 이곳을 찾았다고 했다.

"행복해지기 위해 진정 필요한 건 용기라고 생각해요. 향유하는 시간을 늘리기 위해 일하는 시간을 줄이는 것은 생각처럼 쉬운 일이 아니니까요. 저도 늦었지만 용기를 가지고 새로운 행복을 찾으러 이곳에 왔어요. 빙하를 보고나니 마음속에 담아두었던 불안과 동요가 사라지네요."

8

우리는 누구나 행복을 꿈꾼다. 하지만 당연히 얻어지는 것은 아니다. 스피노자는 "행복은 끊임없이 노력해야 얻을 수 있는 것"이라고 했다. 루이즈는 그 생각의 길을 두 발로 직접 걷는 중인 듯했다.

New Zealand

인생을 돌아보니 인생의 목적은 성공이 아닌 행복이더라고요.

인생의 목적은 성공이 아니라 행복이다

푸른 하늘과 흰 구름, 무지개 그리고 한가롭게 풀을 뜯는 양떼가 흔한 일상의 풍경인 뉴질랜드. 사방 어디를 둘러보나 그림에서나 보던 목가적인 풍경이 끝없이 펼쳐진다. 뉴질랜드는 한국 면적의 3배이지만 인구는 4백만 명에 불과하다.

뉴질랜드

1

북섬 곳곳에는 영화 '반지의 제왕'과 '호빗' 촬영지가 숨어 있다. 로토루아에 위치한 간헐천은 100년 전까지 화산이 폭발한 곳으로 북섬만의 독특한 풍광을 보여준다. 반면 남섬은 약 70%가 산악지대 중심으로 빙하지대부터 넓은 호수 등 우리가 자연에서 상상할 수 있는 모든 아름다움이 숨어 있다. 그 중 노르웨이의 송네 피오르드와 함께 세계적인 명성을 얻고 있는 밀포드사운드에서는 뉴질랜드 원시 그대로의 청정 자연을 만날 수 있다.

오클랜드는 뉴질랜드 정치경제의 중심지로서 뉴질랜드에서 가장 큰 도시로, 도시 곳곳에 공원이 자리하고 있다. 최근 아시안 인구가 계속 증가하며 거리에는 서양인보다 아시아인이 많다. 캐나다의 밴쿠버, 미국의 로스앤젤레스와 같이 오세아니아에서는 시드니에 이어 오클랜드가 친아시아 도시가 되어가고 있다.

오클랜드에서 만난 샘은 인도에서 뉴질랜드로 이민 온 지 20년이 되었다고 한다. 행복지수 8위 국가, 그들이 생각하는 행복은 무엇일까?

"나처럼 안전 때문에 이민 오는 사람이 상당수 될 거야. 해안선이 국경이다 보니 물리적 영토분쟁도 거의 없지. 그리고 좋은 날씨, 깨끗한 자연환경에 살다 보니 어느새 내가 행복해지더라고. 다만 모두가 행복한 건 아니야. 같이 온 친구들 중 일부는 너무 조용한 이곳에 적응을 못해 본국에 돌아가기도 했지."

수도인 웰링턴에 사는 에반 부부는 은퇴 후 좀 더 행복한 인생을 설계 중이라 한다. 그들에게 행복을 묻자 함박웃음을 지으며 "인생의 목적은 무엇일까요?"라고 내게 되묻는다.

"인생을 돌아보니 인생의 목적은 성공이 아닌 행복이더라고요. 중요한 것은 늘 행복하게 살기 위해 노력해야 한다는 거예요. 삶의 상당 부분을 성공 같은 삶의 좋은 조건을 갖추기 위해 애쓰지만 그런 것들이 행복을 크게 만들어주는 않는다는 것을 나이가 들면 깨닫게 되죠. 이제 우리는 행복에 높은 가치를 두어요. 우리의 삶은 행복이 기준이 되어야 해요. 진정한 성공은 매순간이 값지고 소중하다는 것을 아는 것에서부터 시작되는 것 같아요."

웰링턴에 머무는 동안 에반 부부의 소개로 뉴질랜드의 행복을 위해 일한다는 리차드의 집에 머물게 되었다. 리차드가 일하는 아트엑세스는 예술에 관심이 있는 정신적, 육체적 어려움이 있는 사람들을 지원하는 기관이다. 어려움을 겪는 사람들에게 퀼트, 미술, 음악, 학습 등을 지원해 사회 적응을 돕는 것이다. 이들 중 상당수는 미술가, 뮤지션 등 예술인이 되어 활동한다.

리차드는 전에 일하던 곳에서는 남을 기쁘게 하느라 불행한 적이 많았다고 한다. 그러다 문득 내 행복은 내가 만드는 거라는 생각이 들어 일을 바꾸기로 마음먹었단다. 이 세상에 필요한 사람이 되겠다는 생각이 든 것이다. 자신도 행복하고 세상에도 보탬이 되는 일이 행복한 일이란 생각이 들어 아트엑세스에 합류한 것이다.

"행복한 나라가 되기 위해서는 개인의 행복과 좋은 세상 만들기 그리고 부조리한 현실을 개선하려는 책임의식이 중요하다고 생각해. 뉴질랜드는 평등을 매우 중시하지. 남녀평등, 인종평등 등 뉴질랜드라는 나라는 마오리와 영국인이 같이 세운 나라라서 평등을 전제로 하고 있어. 그래서 뉴질랜드는 특히 여성이 강하지. 뉴질랜드 남자들은 가사에 참여하는 것을 당연하게 생각해. 남녀평등 문화 때문에 누구나 편견 없이 자신에게 맞는 역할을 자유롭게 선택할 수 있지."

뉴질랜드는 실제로 가장 먼저 여성의 참정권과 투표권을 인정한 나라다. 또한 장관 가운데 여성이 상당수며 기업의 임원도 여성이 많

다. 이들은 어릴 때부터 남녀가 평등하다고 배우기 때문에 자연스럽게 자신이 좋아하는 것을 찾아 자기계발을 하여 직업을 선택한다고 한다.

부모가 이혼을 할 경우에도 자녀 양육비 문제로 분쟁이 생길 염려가 없는 곳이 여기다. 국세청에서 양육비를 징수하기 때문이다. 그리고 전체소득의 약 80% 정도를 양육비로 편성하는데, 양육비를 내지 않으면 운전면허가 취소되거나 벌금을 부과한다. 양육문제는 정부에서 담당하는 게 옳다는 것이 이들의 생각이다.

세계행복지수보고서를 보면 뉴질랜드의 관대성 지수가 다른 나라보다 유독 높다. 리차드에게 얘기했더니 그는 처음 듣는 얘기란다. 그러면서도 그런 생각은 일상적으로 실천하고 있는 듯했다.

> "우리는 자선단체에 기부하는 것만이 중요하다 생각하지는 않아. 작은 일이라도 도움이 될 수 있는 일이면 회사 차원에서 동료들과 또는 이웃들과 함께 시간을 내지. 그게 행복한 사회를 만드는 중요한 요소라 생각해."

뉴질랜드에 아시아인이 점점 많아지는 것에 대한 자국민의 생각은 어떤지 궁금해서 물었더니 역시 평등을 중시하는 뉴질랜드인다운 대답이 돌아왔다.

"뉴질랜드는 다민족국가야. 알다시피 백인들이 점령할 때 마오리 부족들과 와이탕이 조약을 맺었어. 그래서 그런지 우리는 심각한 민족 분규나 인종분쟁이 없어. 어려서부터 사람을 피부 색깔, 출신국가, 종교 등 그룹으로 보지 말고 구체적인 개인으로 봐야 한다고 교육을 받은 덕분인지도 모르겠어. 무언가 프레임을 만들어 사회를 분열시키는 모든 것을 경계해야 한다고 생각해."

뉴질랜드 사람들은 행복이 매우 중요하고 행복이 삶에 시간을 더해준다고 하나같이 입을 모은다. 우리의 진정한 삶의 기준은 무엇일까? 삶의 모습을 결정짓는 것은 우리 스스로가 어떤 가치를 중요하게 여기는가에 달려 있다.

뉴질랜드를 떠나기 전, 번지점프의 명소라는 카와라우강 다리를 찾았다. 번지점프는 남태평양 펜테코스트 섬의 원주민들이 성인이 되는 자격 요건으로 체력과 담력을 시험하기 위한 의식 중 하나였다고 한다. 몇 번 망설이던 끝에 용기를 내본다. 밧줄로 발목을 묶고 강물을 향해 뛰어든다. 이로써 나는 어른이 되는 것일까. 진정한 내 삶의 가치는 무엇일까. 생각이 깊어지는 날이다.

배움 33 　　　행복은 삶의 가장 중요한 가치이자 기준이다.

1

Laos Luang Prabang

행복은 어머니의 마음을 편안케 해드리라는 것이다.

내 어머니의 행복은
무엇일까

동남아시아에서 생태가 가장 잘 보존된 곳이
라오스다. 그 중에서도 북부의 루앙프라방은
여행자들이 가장 좋아하는 도시인데, 앞에는
메콩강이 흐르고 뒤에는 울창한 숲이
둘러싸고 있어 고즈넉한 분위기를 자아낸다.
천혜의 환경만큼이나 사람들도 순박해서
여행자들의 피로를 어루만져 준다.

라오스 루앙프라방

1

전통 양식의 불교사원과 식민지 시대에 지어진 프랑스식 건물들이 어우러져 있는 루앙프라방. 이곳에서도 가장 신성한 곳으로 여겨지고 있는 왓 시엥 통은 1560년에 세워진 유서 깊은 사원으로, 특히 황금색 지붕이 인상적이다.

메콩강을 따라 올라가다 다양한 형태의 불상들이 모셔져 있는 빡우동굴을 둘러보고 루앙프라방에서 30분 떨어진 곳에 있는 꽝시폭포로 이동한다. 터키블루 톤의 미묘한 색채를 뽐내는 폭포수가 거대한 향연을 펼친다. 폭포 주변을 병풍처럼 둘러싼 장엄한 자연이 경배라도 하듯 엄숙한 분위기를 자아낸다.

루앙프라방의 아침은 승려들의 탁발 행렬로 시작된다. 승려들이 시주를 받는 행렬로, 이곳의 진기한 볼거리 중 하나다. 탁발을 통해 승려들은 음식을 공급받고 구도자들은 정신적인 구원을 얻는다.

사람들로 북적이는 탁발 행렬 속을 어머니와 함께 걸어본다. 7개월이 넘는 긴 여행의 끝을 동남아에서 어머니와 함께하는 것으로 계획한 것이다. 여행이 후반으로 접어들면서 한국에서 들려오는 불편한 소식 때문에 여행을 그만두고 돌아가고 싶은 마음이 굴뚝같았지만 귀국 전 마지막 일정이 어머니와의 생애 첫 여행이었던지라 그럴 수도 없었다.

어머니는 아들과의 여행에 한껏 들떠 있었다. 특히 이곳 라오스 루앙프라방을 좋아하셨는데, 아무 걱정 없이 뛰어놀던 어릴 적, 60년대 고향의 모습이 곳곳에서 눈에 띈다고 하셨다.

여행을 하는 동안 어른들과 이야기를 나눌 기회가 되면 인생에서 가장 후회되는 한 가지를 여쭙곤 했다. 그들은 하나같이 돌아가신 부모님 이야기를 꺼냈다. 부모님께 못 다한 효도, 말로 표현하지 못한 사랑이 오래도록 가슴을 아프게 한다고 했다. 어머니의 눈물을 닦아줄 수 있는 사람은 그를 울게 한 아들뿐이라는 얘기는 내 가슴에 아프게 박혔다.

이번 여행을 계기로 늦게나마 어머니가 당신의 인생을 찾을 수 있도록 돕고 싶다는 생각을 했다. 오만한 생각이다. 사람의 인생은 탄력 좋은 고무줄처럼 쉽게 복원되는 것이 아니기에. 하지만 어머니의 인생에 대해, 어머니의 행복에 대해 생각하는 동안 나는 조금씩 변해가고 있었다.

265

여행 마지막 날, 첫 여행지였던 네팔에서 트레킹 중에 만났던 한 어머니가 떠올랐다. 그는 행복을 찾아 여행하고 있다는 내게 물었다.

"집에 계신 어머니의 행복이 뭔지 알아요?"

어머니와 함께 길을 걷고 잠을 자고 밥을 먹는 동안 내내 그 질문이 머릿속을 맴돌았다. 어머니에게 행복이란 무엇일까. 그러나 어머니에게 차마 묻지는 못했다. 어쩌면 '자식'이라는 대답이 돌아올지도 모른다고 생각했기 때문이다. 너 건강하게 잘 살면 나는 그것으로 됐다, 나처럼 살지 말고 당당하게 행복을 찾아 세상 속으로 나아가라고 말씀하시면 무어라 대꾸해야 할지 대답을 찾지 못했기 때문이다.

하지만 이제, 더 늦지 않게 주름진 어머니의 손을 잡고 사랑한다고, 이제 걱정하지 마시라고 말하고 싶다. 이 한마디가 어쩌면 어머니가 가장 빨리 행복을 찾을 수 있게 도와드리는 길일지도 모른다.

이번 여행의 시작이 진정한 행복을 찾는 내 안으로의 여행이었다면 여행의 끝은 어머니의 사랑 그리고 어머니에 대한 내 사랑을 확인하는 여행이었다. 이제 돌아간다. 어머니의 땅, 어머니의 집으로…….

내 어머니의 손을 잡고…….

배움 34   행복은 어머니의 마음을 편하게 해드리는 것이다.

에필로그

"행복은 사랑이에요. 세상이 사랑으로 가득하다면 전쟁도
 일어나지 않을 테니까요."

- 마샬(7학년)

"날마다 새로운 것을 배우고 토론하는 과정에서 배우는
 것, 바로 그것이 저를 행복하게 해요."

- 차히드(7학년)

"진정한 행복은 감사라고 생각해요. 그래야 슬픈 일이 있
 더라도 금방 극복할 수 있으니까요."

- 브나시(6학년)

UN 세계행복보고서를 만드는 과정에서 어린이들에게 "행복이란 무엇일까" 물었더니 다양한 대답이 나왔다. 그중에는 '사랑'이라는 대답이 유독 자주 눈에 띈다. 아이들의 순수한 마음을 대변하는 단어가 바로 '사랑'이 아닐까 싶다.

여행 중에 만난 아이들도 그랬다. 웃고 장난치고 도전하고 끝없는 호기심으로 주변을 탐색한다. 사랑에 대한 확신, 돌아갈 곳에 대한 믿음이 있기 때문이다.

이방인을 물끄러미 쳐다보는 눈빛 속에도 순수함이 가득하다. 아이들과 눈이 마주치면 나도 모르게 웃게 된다. 아이들을 바라보는 동안 순수했던 과거의 내가 툭 튀어나와 반응하는 것 같다. 기억의 저편으로 사라졌던 많은 기억이 아이들 눈에 비친 내 안에는 아직 남아 있는 모양이다. 아이들은 그렇게 눈빛 한 번, 웃음 한 번으로 내게 그것을 알려주었다. 살아가는 동안 잃어버려서는 안 되는 것을 말이다.

어쩌면 이 아이들도 나이가 들고 정치, 경제, 문화, 종교라는 옷을 입으며 서로 다른 모습의 어른으로 살아가게 되겠지. 우리가 동시대에 태어났지만 서로 다른 환경 속에서 전혀 다른 삶을 살아가고 있는 것처럼 말이다.

어느새 8개월간의 행복여행을 끝내고 일상으로 돌아간다. 그 여행을 떠날 수 있게 힘이 되어준 건 나와 같은 생각을 갖고 있는 소중한 친구들이었고 그에 대한 해답의 실마리를 얻게 해준 것 또한 우리와 같은 생각을 하는 현지인 친구들이었다. 그리고 그 여행의 과정에서 배운 것들은 어느새 나의 행복리스트가 되었다.

여행이 끝나자 행복의 의미도 달리 해석하게 되었다. 내가 무엇으로 인생을 채우는지 그리고 그런 것들이 우리의 삶에 어떤 의미를 부여하고 있는지에 따라 행복의 의미가 달라진다는 것이다.

행복에 정답은 없다. 누군가에게는 돈과 명예와 권력이, 또 누군가에게는 사랑, 가족, 친구가 행복의 의미가 될 것이다. 여행에서 만난 친구들은 진짜 중요한 것은 그것이 내 삶에 주는 의미를 아는 것이라고 말해주었다. 삶의 모습을 결정짓는 것은 우리 스스로가 어떤 가치를 중요하게 여기는가에 달려 있기 때문이다.

"당신의 행복은 무엇인가요?"

여행 중에 만난 숱한 사람들에게 이렇게 물었다. 그리고 참으로 다양한 대답을 얻었다.

이제 당신에게 묻고 싶다. "당신의 행복은 무엇인가요?" "당신의 삶을 채우고 싶은 가치는 무엇인가요?" 그것이 당신을 행복으로 인도하는 열쇠가 될 것이다.

김뻡씨의 행복여행

당신 지금, 행복한가요?

초판 1쇄 발행 2017년 3월 28일 | **2쇄 발행** 2017년 10월 19일
지은이 김뻡씨(김태준) **펴낸이** 김영범

펴낸곳 (주)북새통·토트출판사
주소 서울시 마포구 방울내로7길 45 (우)03955 **대표전화** 02-338-0117 **팩스** 02-338-7160
출판등록 2009년 3월 19일 제 315-2009-000018호 **이메일** thothbook@naver.com

© 김태준, 2017
ISBN 979-11-87444-10-7 03810

"한국출판문화산업진흥원의 출판콘텐츠 창작자금을 지원받아 제작되었습니다."